Le Livre des Mères et des Enfants, Tome II

Marceline Desbordes-Valmore

Édition et mise en page : Culturea (Hérault, 34)
Retrouvez notre catalogue sur http://culturea.fr/
Contact : infos@culturea.fr
Imprimé en Allemagne par Books on Demand Gmbh
Design typographique et layout : Derek Murphy et Reedsy
ISBN : 9791041997992
Date de parution : Avril 2024

LA PHYSIOLOGIE DES POUPÉES. I. UN PÈRE.

Quatre poupées entrèrent un jour à la fois rue des Pyramides. Cela fit quelque sensation chez les voisins de l'heureuse maison où se précipitaient ces charmantes étrangères, car elles étaient pleines d'éclat, de décence et de fraîcheur dans leurs parures.

Une vieille gouvernante les reçut dans le vestibule du second étage, les prit des bras de la personne qui les apportait, et les rangea derrière un rideau, comme elle en avait reçu l'instruction, puis courut avertir son maître, arrivé, depuis quelques jours d'un grand voyage ; il parut un moment après, suivi de quatre enfants qu'il fit ranger autour d'un excellent déjeuner préparé pour eux.

Cet homme, d'une taille légèrement courbée, quoique jeune encore, les assit lui-même auprès de lui d'un air doux et triste. Il était le père des enfants et revenait leur tenir lieu d'une mère charmante, qu'ils avaient perdue. Rien ne pouvait retenir M. Sarrasin à la vie, que le dessein irrévocable d'être à la fois le père et la mère de cette petite famille groupée autour de lui. Forcé à de fréquents voyages dans l'intérêt de tous, il n'avait pu depuis trois ans cultiver lui-même ces jeunes plantes dont il ignorait entièrement les caractères. Leurs jours s'étaient passés depuis six mois, dans une pension, où elles avaient senti moins cruellement l'absence de leur mère et la privation momentanée de ce jeune père, qui leur était enfin rendu ! C'était leur troisième réunion depuis son retour béni, et vous avez déjà jugé qu'ils s'occupaient des moyens d'assurer leur bonheur. Il ne lui en restait pas d'autre.

Il se leva quand le déjeuner fut fini et la table remise en ordre.

Voici, dit-il en tirant le rideau qui cachait les belles visiteuses, quatre petites compagnes que je veux associer à notre voyage de Saint-Denis.

Un saisissement de plaisir fit manquer la voix aux quatre sœurs, qui levèrent leurs bras, en criant :

— Oh ! papa ! oh ! papa ! qu'elles sont jolies !

Ce n'est pas sans dessein, reprit-il, qu'elles sont arrivées ainsi pour vous chercher. Elles ont sans doute désiré un asile près de chacune de vous. Leur choix doit être écrit d'avance dans leur billet de visite.

Toutes se précipitèrent sur les petites mains à ressorts des poupées qui tenaient une carte de visite. Albertine, l'aînée, y lut son nom (car elle savait lire l'écriture), l'adresse était ainsi conçue : Prudente pour Albertine. Augusta, Marceline et Valérie y épelèrent aussi leurs noms et ce furent des cris, des embrassements, qui firent couler la joie jusqu'au cœur de leur père.

— Élevez-les bien, dit-il avec une tendresse sérieuse, et rendez-moi un compte fidèle de leurs penchants : ce sont vos filles.

Albertine emporta la sienne dans ses bras avec un maintien de petite maman tout à fait composé, la regardant avec un air de tendre protection qui fit bien augurer à monsieur Sarrasin de l'avenir de la poupée, qu'elle appela sur le champ : ma fille.

Augusta saisit vivement Lutine par le milieu du corps, et lui appliqua deux gros baisers qui dérangèrent un peu sa coiffure. Valérie soutint Péri par ces deux mains délicates, en la faisant sauter en mesure sur un pas de valse. Marceline, la plus jeune, petite blonde silencieuse, se tint gravement debout devant celle qui la regardait de dessus la table, sans montrer trop d'empressement à l'en faire descendre.

— Tu ne prends pas, Fauvette ? dit son père : ne te trouves-tu pas contente d'avoir une telle fille ?

— Si ! répondit l'enfant blond, en regardant alternativement Fauvette et son père.

— Je t'aime mieux, toi ! ajouta-elle à voix basse en se glissant dans ses genoux et en passant ses bras autour de son cou qu'elle étreignit longtemps de toute sa force. Son père ému, tenant les yeux longtemps aussi fixés sur cette petite tête attachante, crut voir en miniature le portrait de sa mère, et la serra fortement sur son cœur. Le père et l'enfant restèrent plongés dans une immobilité qui n'était pas de l'engourdissement.

Les éclats de rire et de musique qui partaient de la chambre voisine réveillèrent cet homme absorbé au fond de sa mémoire. Il prit par la main sa plus jeune fille, qui tenait avec quelque embarras la brillante Fauvette, et ils se réunirent au cercle joyeux qui allait devenir le centre des observations du tendre physiologiste.

II. QUATRE FEMMES EN MINIATURE.

Albertine venait de faire asseoir Prudente devant elle, pour lui montrer patiemment un point de tapisserie, lui parlant avec une gracieuse autorité, et lui promettant un monde de bonheur dans le charme du travail. Elle en avait déjà rangé autour de Prudente tous les éléments sans confusion. La poupée attentive tenait avec soumission son aiguille enfilée de laine, et paraissait écouter sans ennui sa jeune maman compter les fils de canevas, et lui expliquer les délices de cet ouvrage, répétant sans se lasser :

— Vous prenez deux, que votre point soit égal et rond vos mains toujours propres et vos laines en ordre.

Ce petit coin du tableau reposa délicieusement les yeux de M. Sarrasin, car Albertine était l'aînée.

Quel bonheur pour lui de découvrir en elle le germe d'une patience si utile un jour dans sa maison ! cette grâce liante et calme devait si bien unir ensemble les jeunes branches qui l'enracinaient au monde !

Assise sur une grande chaise devant le piano, Valérie soutenait Péri par sa ceinture comme par des lisières, et la faisait légèrement tourner en frappant avec sa main droite une espèce de galop qui semblait enivrer la poupée, et la petite fille criant comme son maître de danse :

— En mesure, mademoiselle, arrondissez-les bras, effacez les épaules…, baissez les yeux devant votre cavalier !

— Heureuse enfant ! pensa monsieur Sarrasin, la musique fera du bruit dans tes plaisirs et dans tes peines. Ta physionomie riante reposera souvent ma douleur, et j'allégerai tes graves leçons par l'espoir de la danse.

Augusta, qui se tenait alors à l'écart, paraissait très affairée autour de Lutine.

Elle l'avait embrassée si fort et si souvent, que l'humidité de ses lèvres, assez mal essuyées des traces de son déjeuner ; avaient déjà compromis l'éclat des joues rouges et presque vivantes de sa fille. C'est dans l'étonnement de voir une tache ternir un teint plus brillant que le sien même, qu'elle avait eu recours au savon, et qu'elle s'aperçut avec désespoir qu'il ne restait dessous qu'un carton pâle où le sang ne circulait pas. L'autre joue, toute neuve et intacte, formait un affreux contraste avec celle où la couleur délayée se mêlait au savon et aux cheveux collés dans ce hideux mastic. Ce fut dans cet état qu'Augusta, avec une grosse larme dans les yeux s'élança vers son père, en élevant sous ses yeux, Lutine ainsi déshonorée, et criant : Vois comme elle a mal à la joue ; je l'ai pourtant bien lavée.

— C'est à cause de cela, répondit son père, l'eau ne vaut rien aux poupées. Ta tendresse lui a déjà fait mal ; il ne faut pas dévorer ce qu'on aime. Trop de caresses étouffent un enfant. Une surveillance calme et active, une douce liberté autour de ta fille, comme pour tout ce que tu aimeras au monde, ce sera le meilleur secret pour le conserver.

— Fais-la guérir, dit Augusta les mains jointes, et je te promets de l'embrasser bien doucement.

Lutine fut envoyée chez un médecin célèbre de poupées au grand bazar où elle avait été choisie ; et dès le soir même, elle rentra rue des Pyramides, plus rouge que jamais.

Monsieur Sarrasin observait en même temps que Marceline, la plus petite et la plus frêle, n'enseignait ni la tapisserie, ni la danse à Fauvette. Elle la regardait quelquefois, caressait doucement ses souliers de satin et ses mains un peu cachées par des manchettes de blonde : mais c'était une admiration froide ou craintive que ne pouvait expliquer son père.

— Pourquoi ne danses-tu pas avec Fauvette, mon petit ange ? lui demanda-t-il ; elle doit être légère comme ses plumes. Sa robe de crêpe blanc est si bien garnie de fleurs ! »

Marceline d'abord ne répondit pas : puis, comme si sa pensée sortait à son insu de sa bouche, elle dit : « je n'ose pas l'aimer. »

— C'est singulier ; pensa Monsieur Sarrasin.

III. LA PORTE DU CIEL.

Comme le temps était fort beau le lendemain, bien qu'il fit froid d'une dernière gelée, après que les leçons furent apprises, que l'active gouvernante eut habillé ses quatre petites maîtresses qu'elle aimait avec dévotion, on déjeuna de bonne heure, on sortit à pied tous ensemble. La vieille Suzanne, chaudement parée, guidait ce petit troupeau dont elle était fière, et Monsieur Sarrasin le suivait de près avec la surveillance et la sollicitude d'un père.

Savez-vous où l'on allait avec tant d'empressement, tant d'espoir, que pas un pied ne touchait terre ? et pourquoi ces quatre visages doux et charmants se levaient souvent pour regarder au-dessus des maisons le ciel bleu suspendu, si pur, si haut au-dessus des cheminées des immenses bâtiments de Paris ? Pourquoi l'on avait embrassé sérieusement les poupées en leur disant : au revoir ! sans les emmener avec soi ? Eh bien ! vous allez le savoir ; car la personne qui a raconté cette histoire a suivi toute la famille jusqu'à la barrière Montmartre ; elle avait à rendre aussi une pieuse visite là où montaient ces beaux enfants, ayant chacun une couronne de fleurs passées au bras sous leur manteau brun.

— Oh ! ma bonne Suzanne, où allons-nous ? dit la petite Marceline qui ne marchait pas encore d'un pas aussi ferme que les autres.

Suzanne soupira et n'osa répondre, car son maître gardait un profond silence. On monte, on monte… puis on aborde une grille devant laquelle monsieur Sarrasin s'arrête, découvre sa tête ; et dit

— Saluez, mes enfants, car c'est ici la porte du ciel !

Les quatre petites filles obéirent avec un instinct de douleur et de tendresse qui les fit ressembler à quatre anges de la piété.

Suzanne se détourna pour cacher ses larmes.

— Ma bonne vieille Suzanne, poursuivit monsieur Sarrasin, si vous ne pouvez nous suivre, vous nous attendrez là.

— Ah ! monsieur ! dit Suzanne avec une instance dans le regard, et découvrant sous son tablier noir sa couronne à elle, qu'on ne lui avait pas commandé d'apporter, monsieur ! j'ai du courage, et je sais le chemin ! Dans votre absence depuis six mois demeurée toute seule, je n'avais pas d'autre voyage à faire, et je venais !

— Entrez donc, ma fidèle Suzanne, entrez, mes petites chéries… Vous n'oublierez jamais notre première promenade : elle est sérieuse ; mais elle est pleine d'espérance. Voyez que de fleurs !

Il y en avait, en effet, déjà beaucoup ; et des arbustes, des plantes vertes, des saules si bien entremêlés ensemble que la terre à cette place ne se voyait plus qu'à peine

— C'est ici, mes filles, qu'il faut attacher vos couronnes et vous mettre à genoux.

Ce que firent les enfants.

— Venez, leur dit-il, après qu'il eut prié au milieu d'eux et pour eux. Venez ! votre mère vous regarde ; elle vous bénit.

La petite Marceline se précipita dans les branches et les hautes herbes en criant :

— Où donc ! où donc !

— Monsieur Sarrasin après l'avoir saisie dans ses bras, lui dit : je te promets que nous serons tous réunis un jour et que nous irons la rejoindre par la porte du ciel.

— Merci ! répondit l'enfant qui se coucha triste sur son épaule, et qui redescendit avec son père au milieu des sanglots de ses jeunes sœurs qui marchaient mieux qu'elle.

IV. LA POUPÉE MALADE.

L'enfance est heureuse ! elle est aimée de Dieu. Dieu charge un ange de mesurer la peine à la faiblesse. L'ange y va bien doucement ; on croit qu'il leur souffle des baisers dans leurs larmes. De là ces ondées de pleurs qui mouillent à peine, car il les emporte sur ses ailes avec leurs prières. Alors, ils rient, ces petits enfants ; ils aiment, ils espèrent, ils croient et c'est pour cela que Dieu les aime ; pour cela qu'il a dit : Laissez venir à moi les petits enfants ? Il faut donc se réjouir en pensant que les quatre sœurs retrouvèrent leurs poupées avec un sentiment de joie très pur et qu'elles les associèrent à leurs souvenirs, à leurs jeux, à l'union charmante qui régnait entre elles.

Un jour que les leçons étaient finies, leur père s'étonna du profond silence qui avait succédé au bruit accoutumé de l'heureuse chambre de ses enfants. Il s'approcha sur la pointe du pied pour observer la cause de ce grand silence, et demeura fort surpris de voir la poupée d'Augusta couchée, et les petites filles s'agitant autour d'elle avec le plus tendre empressement.

Un ordre parfait régnait dans leur activité muette. On glissait doucement autour du cher petit objet qu'on semblait avoir peur de réveiller, de cette Lutine si vive et si brillante, privée de ses vêtements incommodes ; renversée sur un oreiller, se conformant à sa position avec une grace qui enchantait les enfants. Alphonse, joli petit parent de la maison, partageait fort gravement les soins de ses cousines et remplissait les fonctions de médecin.

C'était un charme de le voir tâtant le pouls de Lutine, réfléchissant comme il avait vu réfléchir un docteur profond, et s'asseyant près du lit, le front appuyé sur sa main, une plume passée dans ses lèvres, lent à écrire l'ordonnance que ses cousines attendaient avec anxiété.

Oui ! l'enfance est heureuse.

Il y avait pour elle dans cette scène l'intérêt d'un drame véritable. Cette malade immobile leur faisait pressentir ou rappeler tout ce qu'il y a de doux, d'aimable aux soins prodigués à un être souffrant. Monsieur Sarrasin vit tant de zèle et de charité régner dans ce coin de chambre, que les larmes lui en vinrent aux yeux.

Albertine lut l'ordonnance du médecin, et prépara promptement une petite bande de toile urgente pour la saignée, qu'exécuta sur l'heure la main légère et hardie d'Alphonse.

La lancette fut un passe-cordon d'argent, la cuvette une coupe de porcelaine qu'avait prêtée la vieille Suzanne. Alors, à la satisfaction curieuse des enfants, la poupée dont la peau fut plus qu'effleurée par l'intègre Alphonse qui s'en acquittait de tout son cœur, la poupée perdit une grande quantité de son.

— Elle est sauvée ! cria le docteur. Elle est sauvée !

Sauvée ! répétèrent en frappant dans leurs mains les gardes-malades, qui avaient à peu près le costume de l'état.

— Je te fais compliment de cette cure, mon ami, dit monsieur Sarrasin en se montrant. Tu me parais devoir être un jour médecin dans toutes les formes. Alphonse lui sauta au cou, et lui dit en confidence.

— Je fais semblant de croire ; car, vois-tu, cette poupée n'est pas vivante.

— Si ! Si ! un peu vivante cria Augusta qui l'avait entendu, et qui ne voulait pas perdre son illusion. Tiens, papa, regarde, ajouta-t-elle en entraînant son père auprès de sa Lutine. Tu vois que les sangsues ont bien pris !

Lutine avait, en effet, huit sangsues, ou du moins huit petits morceaux de réglisse découpés dans la forme de ce laid et bienfaisant animal.

Il faut convenir que Lutine ainsi barbouillée, le bras vide, et lavée par toutes les potions qu'on lui avait fait boire, demeura dans un état de convalescence, dont les bons soins de la sage Albertine ne purent jamais la tirer entièrement. Monsieur Sarrasin déclara pourtant que cette convalescence serait célébrée par un banquet, où le docteur reçut, en crèmes, en biscuits et en darioles, le prix de sa sagacité merveilleuse.

— D'où provenait la maladie de Lutine ? manda Monsieur Sarrasin, moitié sérieux, moitié riant.

Le docteur mangeait, se reposant sur ses lauriers. Augusta répondit avec vivacité que Lutine avait fait son malheur elle-même, qu'elle se serrait dans son corset de manière à s'étouffer, ce qui la rendait très-agacée et très-pâle.

— Enfin, papa, sans moi, elle serait devenue poitrinaire. C'est une folle, sans soin d'elle-même, jamais en place, une petite ramasse-poussière qui me fait tourner la tête.

— Je comprends, dit son père, en frappant doucement sur cette petite tête agitée, qu'il faudra lui donner un bien bon exemple pour la corriger. La tienne, Valérie, paraît en bonne santé.

— Oui, papa, elle danse toujours, et je lui apprends le pas du châle pour te faire une surprise le jour de ta fête. Oh ! papa ! elle valse presque seule sans s'étourdir.

— Il faut lui faire une récompense de cet amusement, mon ange : on peut danser de joie quand on a bien rempli tous ses devoirs ; j'y veillerai avec toi. La tienne, Albertine, comment se conduit-elle ?

Albertine ne répondit rien qu'en courant chercher les preuves de l'excellente conduite de Prudente.

Elle rapporta, dans un doux silence, l'ouvrage de tapisserie terminé avec une propreté ravissante ; puis elle étala, avec un sourire d'une petite mère satisfaite, un trousseau cousu de la façon la plus solide. Ce trousseau se composait déjà d'une paire de draps ourlés, marqués au nom de Prudente ; quatre chemises à manches longues en forme de peignoir ; quatre manteaux de lits, des béguins bordés d'une petite dentelle de Lille et quatre mouchoirs ornés de son chiffre.

— Avec cela, dit l'enfant plein de joie, elle peut attendre. Elle m'a bien aidée, cette chère mignonne ! Oh ! papa que je l'aime ! et que je suis contente quand nous travaillons ensemble !

— Je t'aime aussi, dit son heureux père, et je te donne dès ce moment le droit de surveillance sur toutes les poupées de la maison ; elles y gagneront beaucoup et tes jeunes sœurs davantage.

Les plus petites embrassèrent tendrement Albertine, qui les baisa d'un baiser plein d'amour et d'avenir. Je dois vous dire, pour l'avoir vu de mes yeux qu'elle devint, en effet, plus tard, le guide et l'appui de ses sœurs, dont elle est encore adorée.

Dans un moment de réflexion fort rare chez Augusta, elle regardait un peu tristement les ravages que sa tendresse avait produit chez Lutine, qui n'était plus que l'ombre d'elle-même.

— Veux-tu la mienne ? dit Marceline, que personne ne soupçonnait en observation dans un coin ; mais dont les yeux intelligents perçaient toujours jusqu'à la tristesse des autres. Prends la mienne, prends, petite sœur ; tu soigneras, Lutine et Fauvette te réjouira.

— Mais toi, répondit Augusta, en hésitant à recevoir la belle Fauvette, aussi fraîche que le jour de son entrée dans la maison.

— Je la regarderai, Augusta, quand j'aurai fini mes devoirs ; mais elle est lourde et elle a trop de plumes, il est impossible que ce soit là ma fille.

— Oh ! j'en aurai donc deux ! s'écria sa sœur folle de joie. Que de choses, mon Dieu ! que d'inquiétudes je vais avoir sur les bras ! qu'une grande famille cause de soins et de fatigue aux mères !

V. L'ORPHELINE DU BOULEVARD

Monsieur Sarrasin n'avait pas vu sans surprise le détachement de Marceline pour Fauvette, il en cherchait la cause dans l'insouciance de son âge ; mais il se trompait ; il en eut la preuve un jour. Toute cette famille innocente revenait du boulevard Saint-Denis ; on pressait le pas, car c'était l'heure où les lumières du gaz s'allument de loin en loin. Une humble boutique à terre s'annonçait à une grande distance par la voix d'un jeune marchand, qui jetait ces paroles perçantes dans toutes les oreilles promeneuses :

« Voyez, messieurs, voyez mesdames, enfants, petits enfants, voyez ! pleurez pour obtenir de vos pères et mères les trésors à cinq sous que voilà. À cinq sous, messieurs, mesdames, enfants, petits enfants ! À cinq sous, tout ce qui peut frapper l'œil de l'acquéreur ! »

Monsieur Sarrasin ne résista pas à l'attraction de cette voix puissante ; il permit à ses enfants de choisir chacune un de ses trésors à cinq sous qui font plus d'heureux qu'on ne pense.

Un seul objet attira toute l'attention de Marceline. Une poupée nue, abandonnée dans un coin, sur la terre humide, lui causa une sensation de pitié subite. La plus attrayante sympathie s'établit entre elle et cette pauvre petite chose dédaignée ; et pressant de toute l'étreinte de ses deux mains la main de son père pour le forcer à se pencher vers elle : « Donne-moi, lui dit-elle, cette Fauvette, pour que je la réchauffe, oh ! je t'en prie ! » Elle fut à l'instant sous son manteau, entre'ouvert vingt fois par les caresses que cette poupée reçut de son doux sauveur. C'est de là que lui vint le nom de l'Orpheline du Boulevard.

Il est impossible de vous représenter l'affection qui parut s'établir entre elles deux.

C'était presque triste de penser qu'un seul cœur en faisait tous les frais : on aurait voulu animer un peu l'objet d'une amitié si tendre, pour lui donner le bonheur d'y répondre. Marceline ne le désirait pas, elle en était sûre ! elle voyait ces petits traits fins et luisants s'animer pour elle, pour elle seule ! et cette idée lui causait du ravissement. Jamais on ne la rencontrait sans l'orpheline collée contre sa poitrine ; jamais elle ne se couchait, après sa prière à Dieu, sans endormir sur son cœur son enfant trouvé, l'amour de son choix, sa petite bien-aimée ! Elle passait toutes ses récréations dans cette union intime et silencieuse. Tout ce qu'elle lui chuchotait de paroles caressantes et mignonnes ferait un poème d'amour et d'amitié ! Cette jeune âme était remplie, et son visage d'ange rayonnait de bonheur. Sur les genoux de son père même, qui l'y berçait souvent comme la plus légère, elle montait avec l'orpheline associée à sa vie ; cette vie fut un sourire tant qu'elle posséda sa frêle et pure idole. Quand son père, qui souriait de cette tendresse, lui demandait :

— Que dit-elle de tout ce que tu lui racontes !

— Elle m'écoute, répondait l'enfant, elle m'entend !

Et l'avenir de cette petite fille l'inquiétait plus que celui de la rangeuse Albertine, plus que celui de la bondissante Valérie ; plus même que celui d'Augusta, dont le caractère impétueux pouvait se modifier, et l'exempter à coup sûr de toutes les maladies de l'âme.

VI. LA POUPÉE PERDUE.

Alphonse avait passé tout un jour de congé au milieu de ses jeunes parentes, et ce jour s'était écoulé comme une heure. Le jardin déjà embaumé, la cour où il y avait de l'herbe et des poules, les greniers où vivaient des pigeons à la plume éclatante au soleil, tout avait maintenu la joie et la concorde dans cette jolie famille ; pourtant Marceline devint triste après le départ d'Alphonse. Elle le fut le lendemain, le surlendemain, longtemps, jusqu'à ce que l'on s'aperçut qu'il y avait de profonds soupirs dans son silence, que ces soupirs ressemblaient presque à des sanglots et qu'enfin sa santé s'altérait d'une manière sensible.

Son père la portait dans ses bras, la faisait danser avec Valérie, coudre avec Albertine, sortir avec sa bonne Suzanne.

L'enfant obéissait partout, mais elle dansait d'un air pleurant, se couchait sur l'épaule de son père, rêveuse et les yeux fixes, gardait sans y toucher les gâteaux délicieux dont Suzanne voulait réveiller son appétit, et posait une heure entière sa petite tête brûlante sur les genoux de sa patiente sœur, Albertine.

— Veux-tu cela ? lui disait-on, et cela ? et cela ? et beaucoup de choses propres à la distraire.

— Oui ! oui ! oui ! répondait-elle d'une voix douce et plaintive, mais elle ne jetait seulement pas les yeux sur les joujoux qu'on s'empressait de lui offrir.

Cette petite fille était devenue si chère à monsieur Sarrasin, qu'il devint lui-même tout rêveur de la voir ainsi languissante après avoir interrogé sa maison dans la crainte que l'enfant n'y fut malheureux pendant ses courtes absences ; il prit la résolution de la veiller lui-même jusque dans son sommeil, cet excellent père ! il entra quand tous les enfants dormaient paisibles et blancs comme des ramiers couchés dans leurs nids.

Le sommeil d'Albertine l'arrêta un moment dans une contemplation pleine de bonheur.

C'était l'ange de la paix, qui s'était endormi dans la prière pour tous ! Augusta dont les joues rouges semblaient bondir comme deux beaux fruits sur l'oreiller blanc, appela comme Albertine le baiser de ce père attendri. Il jugea par le sourire de Valérie qu'elle s'était assoupie avec une chanson sur les lèvres. Jamais il n'avait compris jusque là tout le bonheur d'un père, qui entend les douces haleines de ses enfants immobiles de sommeil et de santé.

C'est à remercier Dieu à genoux ; c'est à croire qu'on l'entend respirer lui-même dans ce monde.

Il n'eut pas le loisir d'interroger le repos de son plus jeune enfant, car à peine eut-il effleuré les boucles blondes de son front presque pâle, que la petite Marceline se réveilla en tressaillant et fixa ses yeux brillants tout grand ouverts sur son bien-aimé père, en lui tendant les bras.

— T'ai-je fait peur ? dit-il en se penchant sur elle. Non ! j'ai cru que c'était le bon Dieu, bon comme toi.

Alors, avec une voix de père qui ouvre les secrets de tous les enfants, il entra dans la petite âme sensible et renfermée, au milieu d'un ruisseau de larmes qu'il fit couler à force de confiance et de tendres paroles, la petite mélancolique laissa sortir cet aveu : J'ai perdu ma fille !

— Comment ! dit monsieur Sarrasin frappé d'étonnement, c'est là ce que je cherche depuis trois mois, et tu ne m'en as rien dit ?

Oh ! tu aurais trop de chagrin, poursuivit-elle eu jetant les bras à son cou et puis je ne voulais pas rapporter ; c'est si laid !

Dis tout, dis, pauvre ange ! insista son père ému et enchanté d'avoir découvert la blessure.

— Eh ! bien !... ne gronde pas Alphonse, dit-elle en sanglotant sur le cœur de son père. Moi, je serai bien sage..., je rirai devant toi.

Je vous avoue que cet homme qui n'était plus enfant depuis trente ans passés, pleura d'aussi bon cœur que cette douce petite fille.

VII. LE RETOUR DE LA POUPÉE.

— Bonjour, Alphonse, dit le lendemain monsieur Sarrasin en entrant dans la maison de son petit neveu, qu'il trouva dans la cour.

— Ah ! mon oncle, quelle joie de te voir !

— Je l'imagine bien, mon ami, et puis voilà ta cousine un peu malade, qu'il faut distraire et guérir. C'est une heure de plaisir que nous venons te demander.

— Quel bonheur ! quel bonheur ! quel bonheur ! cria de toute sa tête Alphonse en voltigeant à travers l'escalier, où il tirait de toute sa force son oncle par la main : maman ! c'est mon oncle ! c'est petite cousine.

Et sa mère ouvrit avec empressement.

Au milieu de l'entretien amical qui s'engagea, monsieur Sarrasin observait le maintien de sa fille. Il craignait qu'elle n'en voulut dans son cœur à ce jeune garçon, auteur vrai ou supposé d'un si grand chagrin. Mais il ne vit nulle trace d'inimitié ni de bouderie sur ce petit front rêveur, et l'aima bien mieux encore. Amour à ceux que la douleur n'aigrit pas ; qui ne rendent pas les autres responsables de leur extrême sensibilité ! Alphonse l'avait fait souffrir, mais Alphonse n'était pas méchant ; il n'était qu'étourdi.

Cette petite le sentait bien, elle était si bonne, si triste de la perte de Fauvette, qu'elle n'avait pas besoin de joindre à son mal d'amitié, le mal qui mord le cœur, la haine. Sa mère avait dit une fois devant elle que la haine ferme la porte du ciel : oh ! cette petite voulait aller au ciel, elle ne voulait qu'aimer, comme les anges, comme sa mère !

— Figure-toi, Alphonse, dit monsieur Sarrasin au joyeux enfant qu'il avait pris entre ses genoux, et qui grimpait dessus comme un chevreau, figure-toi que j'ai du chagrin.

Alphonse dressa l'oreille, cessa de se rouler sur son oncle, et le nez en l'air, les cheveux éparpillés sur son front qui devenait grave, il écouta tout frappé d'intérêt, la suite de ce mot qu'il avait répété vivement : du chagrin.

— Oui, Alphonse, du chagrin ! je peux te confier cela, à toi, qui es un grand garçon, le cousin, l'ami, le défenseur de mes filles, à défaut de frère, qu'elles n'ont pas : tu comprends ?

— Alphonse devint tout âme.

— Figure-toi que cette petite, que j'ai prié exprès ta mère d'emmener un moment au jardin, est encore si crédule, si enfant, qu'elle se persuade… mille choses touchantes par leur naïveté ; entre autres, elle croit que les poupées sont vivantes.

Alphonse poussa un grand éclat de rire et se frotta les mains.

— Toi aussi quand tu étais petit, tu croyais fermement à l'existence de ton cheval de carton, et tu exigeais qu'on lui achetât de l'avoine. Mais tu as neuf ans, tu sais la vie et tu es revenu de tous ces enfantillages, une poupée pour toi, c'est un petit morceau de bois ; c'est exactement la même chose pour moi-même ; toutefois, nos anciennes erreurs doivent tourner en indulgence pour les simples, et tu seras triste comme moi quand tu sauras que ta petite cousine est sérieusement malade de l'absence, de la fuite, du vol d'une poupée ; je dis du vol, car elle a disparu en effet comme un oiseau dont elle portait le nom : Fauvette.

— Alphonse redevint immobile. Figure-toi, mon pauvre Alphonse, que depuis trois mois environ, je vois languir mon plus jeune enfant, un ennui muet fane sa vie, sa jeune vie, autrefois heureuse et comblée par la possession de sa poupée ! c'était sa compagne, c'était sa fille ! elle lui parlait bas, elle lui faisait respirer des fleurs, cherchait partout de la mousse pour l'y coucher auprès d'elle : tu aurais ri…

Alphonse ne riait plus.

— Enfin, pitié ! une si petite idole suffisait à un si petit cœur ; car sa perte l'oppresse, l'étonne, l'isole. Elle est dans un désert depuis que cette diable de poupée a disparu. Elle ne mange plus qu'à peine, elle a de la fièvre, des soupirs, qui disent : ma fille ! ma fille ! on pourrait en rire si…

Alphonse fondait en larmes.

— Pourquoi pleures-tu ? tu n'es pas son père, poursuivit monsieur Sarrasin ; tu ne sens pas le mal que me fait l'étrange manie de mon enfant.

— Je le sens, moi, mon oncle, et c'est bien pire que toi ! dit Alphonse avec une candeur passionnée. Tiens ! quand tu devrais me battre, il faut que je te l'avoue, car j'étouffe. C'est moi qui suis le voleur de poupée, adieu, mon oncle, je vais…, je ne sais pas où je vais, mais je n'ose plus te regarder, et j'aimerais mieux être en prison que devant toi !

— Rends-moi plutôt la poupée ! répartit son oncle en lui barrant la porte, et comprimant ses sanglots contre sa poitrine.

— Mon Dieu ! s'écria l'enfant malheureux, si je l'avais, ce serait déjà fait. Mais j'ai pris cela, moi, comme un caillou, une balle pour lancer en l'air. Je ne sais ce qu'elle est devenue : je croyais que c'était pour rire ce nom de : ma fille, qui est-ce qui va penser !…

— Ah ! voilà le mal dit l'oncle en appuyant sur cette réflexion. On trouble souvent le bonheur des autres, sans contribuer au sien même ; faute de l'avoir compris on brise, on détruit, sans cruauté, des liens, des habitudes profondes et sacrées ; mon cher ami, ne prends rien à personne, ne dérange pas un fil dans la trame des autres, de peur de rompre ceux que tu n'aperçois pas. Souviens-toi de mon conseil, surtout quand tu seras grand !

— Ah ! je te le jure ! mon oncle : Malade par ma faute ! répétait, en tapant des pieds, Alphonse exalté de repentir.

Marceline rentrait dans ce moment. Pressé par la honte de paraître devant elle, il se glissa prompt comme l'éclair, sous un long rideau de croisée, où il ensevelit sa rougeur et ses larmes. L'ample draperie de soie agitée fortement par Alphonse s'ébranla ; quelque ange, souriant peut-être, en fit tomber la poupée elle-même ! la poupée les bras ouverts comme pour alléger sa chute ; la poupée mignonne et chérie, retenue dans un pli du rideau comme dans une étroite prison !

Ah ! ce fut étouffant de surprise et de joie. Marceline ne fit qu'un grand cri, puis se jeta sur sa fille qu'elle saisit à deux mains avec un tremblement d'âme inexplicable à cet âge en se réfugiant avec elle sous les bras de son père, ingénieuse à lui chercher un asile pour toujours !

Je ne peux pas vous dire exactement lequel fut le plus heureux de cette étonnante aventure. Monsieur Sarrasin y puisait la guérison de sa chère fille ; Marceline une récompense sans nom à sa silencieuse maladie, et Alphonse dansait sur un repentir. Il sentait tomber ce plomb qui pend au cœur de ceux qui se disent : j'ai fait du mal à quelqu'un !

Oh ! décidément, Alphonse était le plus heureux ! tout le monde du moins aurait pu le croire comme moi, en le voyant bondir sur le chemin où la poupée fut ramenée en triomphe par les trois personnes auxquelles elle inspirait un intérêt si différent !

LA MÈRE À SON FILS.

Quand j'ai grondé mon fils je me cache et je pleure.
Qui suis-je, pour punir, moi, roseau devant Dieu ;
Pour devancer le temps qui nous gronde à toute heure,
Et crie à tous : prends garde ; il faudra dire adieu !
Mourir avec le poids d'une parole amère ;
D'une larme d'enfant que l'on a fait couler ;
Que l'on sent sur son cœur incessamment rouler ;
est-ce donc pour ce droit que l'on veut être mère ?
Est-ce donc là le prix des immenses douleurs,
Dont nous avons payé leur présence adorée ?
De ce pas sur la tombe encor toute navrée,
Dieu ! laissez-nous donc vivre et respirer nos fleurs !
Laissez-nous contempler à deux genoux la tige,
Qui veut se lever seule et frémit d'obéir ;
Qui veut sa liberté, son plaisir, doux vertige.
Tout ce qui naît, mon Dieu ! tend ses bras au plaisir.
Laissez-nous seulement, ardentes sentinelles,
Écarter leurs dangers qu'ils aiment, si petits ;
Si forts à repousser nos forces maternelles,
De la fierté de l'homme innocents apprentis.
Purifiez un peu ce monde où chaque haleine,
À l'entour de nos fruits souffle un air plein de feu ;
Préservez le lait pur dont leur âme était pleine ;
Alors nous guiderons leur cœur par un cheveu.
Beaux anges mutinés qui bravez nos tendresses,

Dont les jours, dont les nuits tièdes de nos caresses,
Loin de vos nids plumeux brûlent de s'envoler ;
Qui les fera plus doux pour vous en consoler ?
La mère, n'est-ce pas un long baiser de l'âme ?
Un baiser qui jamais ne dit NON ni DEMAIN ?
Faut-il ses jours ? Seigneur ! les voilà dans sa main :
Prenez-les pour l'enfant de cette heureuse femme.
Enfant ! mot plein de ciel, qui fait reine ou martyr ;
Couronne des berceaux ! auréole d'épouse !
Saint orgueil ! nœud du sang, éternité jalouse,
Dieu vous fait trop de pleurs pour vous anéantir.
C'est notre âme en dehors, en robe d'innocence,
Hélas ! comme la vit ma mère à ma naissance :
Et si je la contemple avec d'humides yeux,
C'est que la terre est triste et que l'âme est des cieux !
Ô femmes ! aimez-vous par vos secrets de larmes ;
Par les devoirs sans bruit où s'effeuillent vos charmes ;
Après vos jours d'encens dont j'ai bu la douceur,
Quand vous aurez souffert, appelez-moi : ma sœur !

MINETTE.

Ah ! que j'ai vu une triste chose ! Il m'en coûte beaucoup de vous la raconter ; mais elle peut servir de leçon à quelques enfants, si par malheur, il s'en rencontrait encore de pareils à Minette. J'en prends donc le courage.

Minette passait chaque année une partie des vacances chez une amie de sa mère, car Minette était en pension, parce que sa mère avait des enfants très petits à élever. Il faut bien vous avouer que Minette révélait un caractère si absolu, si despotique, à sept ans que force était déjà de soustraire de plus faibles créatures à sa domination. Hyacinthe était de son âge, et bien qu'elle fut liante et bonne comme un agneau, mademoiselle Minette était bien obligée de faire, suivant l'expression, patte de velours, car Hyacinthe était calme et forte. La douce simplicité de son caractère se rehaussait des dehors les plus beaux ; leur aimable puissance s'exerçait sur Minette elle-même qui n'osait que bien rarement lui dire : je veux ! mais, par combien de ruses, l'orgueilleuse ambition de son amitié arrivait-elle au but d'asservir tout ce qui avait le malheur de lui plaire ! je dis le malheur, car, j'en connais peu qui fatiguent le cœur plus qu'une amitié tyrannique.

Nous n'avons pas le droit d'opprimer nos amis.

Ainsi donc, bien que la complaisance d'Hyacinthe fut charmante pour les mobiles fantaisies de Minette, on ne craignait pas qu'elle en souffrit, car elle cédait toujours avec le sourire sur les lèvres.

Personne ne s'apercevait des mille petits sacrifices qu'elle faisait à la tenace persévérance de sa bonne amie ; elle-même ne s'en doutait pas peut-être, car elle y trouvait, je ne sais quel plaisir tranquille qu'un bon cœur goûte à voir les autres heureux de l'abnégation de ses goûts.

Vraiment, Hyacinthe était une aimable enfant !

On courait un jour dans le jardin, on se jetait des fleurs ; Minette en avait déraciné un bon nombre, pour les replanter suivant le caprice de son goût sans utilité, sans réflexion que l'idée fixe : je le veux ! Minette était inflexible et légère ; rapide et raide comme un papillon de fer. Quel bonheur avec une telle organisation, (qu'elle ne songeait pas à corriger, parce qu'elle se trouvait, parfaite), quel bonheur de ne s'appuyer que sur des relations moelleuses Sur l'inépuisable condescendance de la belle Hyacinthe, qui, n'opposait au dégât de ses fleurs qu'un sourire un peu triste, un regard où se montrait à peine un reproche mélancolique, et que Minette ne voyait pas, car elle était à son affaire, à son système de régner partout, même en écrasant des fleurs. Mais le jardinier le voyait, lui ! et il avait pris Minette en horreur. Minette le méritait, car, un jour que cet homme avait prié poliment la bouleversante petite fille de laisser ses plantes et ses arbustes en repos, elle l'avait regardé de toute la hauteur de ses trois pieds et demi, en disant d'un ton bref :

— Qu'est-ce que c'est que cet homme-là ?

— C'est Roch le jardinier, avait répondu Hyacinthe, d'une voix pleine d'aménité.

— Eh bien ! jardinier, je m'amuse ! voilà !

— Eh bien ! murmura le jardinier en la regardant de travers, ça fait un fier petit paquet d'ortie : voilà !

Minette devint rouge comme une pivoine qu'elle venait de cueillir ; elle la tordit dans ses mains, que la colère faisait ressembler à des petites griffes, ce mouvement furieux d'orgueil fit rire Hyacinthe, qui n'en comprenait pas la souffrance ! car l'orgueil fait mal comme une aiguille, quand il n'est pas content.

Il faut toujours qu'il danse sur la tête des autres, pour ne pas se retourner contre le cœur : c'est un ver malsain à la vie, prenez-y garde.

— Tu ris, toi ! dit Minette avec du feu dans les yeux et eu

poussant Hyacinthe qui chancela.

— Tu m'as poussée ! dit la douce enfant la poitrine gonflée de surprise.

— Non ! je ne ne l'ai pas poussée, répartit Minette vivement.

— Si ! tu m'as poussée ! et deux larmes ruisselèrent sur ses mains que serrait impatiemment Minette, en lui criant d'une voix altérée :

— Dis que je ne t'ai pas poussée ! dis que je ne t'ai pas poussée !

— Je l'ai cru, dit naïvement Hyacinthe. Si non, je ne l'aurais jamais inventé.

— D'ailleurs, tu ne m'aimes pas, toi ! reprit Minette en boudant.

— Si ! je t'aime !

— Non ! tu ne m'aimes pas, puisque tu ris quand on me dit des mots.

— Je n'ai pas ri de cela, parce que tu avais commencé, et que Roch est bon ! mais c'est que tu avais l'air de faire exprès des gestes, comme en jouant à prêchi, prêcha !

— Bien sûr ! dit Minette en levant son doigt.

— Oui ! bien sûr ! et l'on s'embrassa.

— Si tu m'aimes, tu feras tout ce que je voudrais ; n'est-ce pas ? reprit avec réflexion Minette en câlinant.

— Tout ce que je pourrai, sans faire de mal à personne.

— Bien entendu, nigaude ; est-ce que je suis méchante, moi ? et Minette avait un désir singulier d'obtenir une grande preuve d'amitié, d'obéissance peut-être, de cette compagne qu'elle avait vu rire d'elle.

— Tiens, dit-elle en cueillant une herbe laiteuse et d'un vert gracieux ; si tu m'aimes, frotte tes joues avec ce bouquet : cela pique un peu, et ce sera un gage.

— Quelle idée ! si cela pique.

— Je t'en prie ! je t'en prie ! pour être sûre de toi.

Hyacinthe ne se fit pas presser davantage, et sans redouter une légère piqûre, elle broya l'herbe sur son charmant visage. Minette dansa ! C'était du tithymale, connu sous le nom d'éclair, dont le suc violent et corrosif, par une trompeuse ressemblance avec la crème, peut causer les maux les plus cuisants, si on l'applique sur une chair tendre et délicate. La fraîcheur du soir arrêta d'abord l'effet douloureux de l'herbe. Cependant une inquiétude involontaire agitait l'enfant qui passait à chaque instant les mains sur ses joues et son menton plus blanc, plus rose qu'à l'ordinaire. Mais la lumière, qui pâlit tout, atténuait l'éclat de cette nuance fiévreuse qui la rendit d'abord plus belle en faisant scintiller ses yeux d'une flamme souffrante.

Oui, elle commençait à souffrir ; mais sans le démêler clairement, sans se plaindre surtout, disant dans son cour :

— Bah ! ce sera bientôt fini. Minette est ma bonne amie : elle n'aurait pas voulu me faire du mal.

Minette mangeait des fraises. Hyacinthe la regardait se détournant souvent pour gratter sa figure et une fois aussi pour pleurer.

La nuit, ce fut terrible. Elle rêvait des choses qui font peur, des chats qui sautent aux yeux, des oiseaux qui dorment des coups de bec : enfin toutes sortes de bêtes méchantes que la fièvre invente et jette dans les songes des plus innocentes créatures. Minette dormait du sommeil du juste : elle n'entendit pas une des plaintes étouffées de sa pauvre petite victime, dont la mère fut éveillée avec un sentiment profond d'effroi.

D'abord elle prêta l'oreille en s'appuyant sur son cœur qui battait ; puis, cette voix chère et gémissante la remplit de saisissement.

Elle alla dans la chambre voisine droit au lit de sa fille, comme si cette chambre eût été pleine de lumière. Hyacinthe était assise sur son lit dormant et pleurant tout ensemble ; ses deux mains déchiraient, sans le savoir, ce doux visage brûlant, baigné d'autant de sang que de larmes. Sa mère ne recevant pas de réponse et l'entendant gémir, approcha d'elle une veilleuse allumée toutes les nuits pour la sécurité de la maison : douleur d'une mère ! vous la figurez-vous, quand la lueur de cette lampe n'éclaira qu'un monstre couvert d'ampoules noires et sanglantes ! Hyacinthe avait la tête grosse, grosse ! comme je ne sais quoi, car elle était très-grosse.

— Dieu sauveur ! dit sa mère toute défaillante, mon enfant ! ma fille ! qu'avez-vous ? Ah ! Ferdinand ! cria-t-elle à son fils aîné qui était accouru à ses cris douloureux, Hyacinthe a la petite vérole, regardez, comme la voilà !

Ce jeune homme qui était un très-bon frère, ne put contenir son effroi et réveilla tout à fait la petite fiévreuse, dont il retenait les mains dans les siennes.

— Oh ! laisse ! laisse ! mon bon Ferdinand, dit-elle, laisse-moi ôter ces mouches qui me piquent, ou bien, ôte-les, toi ! Seigneur ! Seigneur ! que j'ai du mal ! où est maman ? je croyais qu'elle parlait aussi dans mon rêve.

Sa mère resta bien épouvantée, car elle était juste devant elle ; ce qui lui fit dire avec un frisson froid par le corps :

— Ma fille est devenue aveugle !

Tout fut dans une grande agitation jusqu'au jour, comme vous pouvez croire. Il était trop vrai qu'Hyacinthe ne pouvait ouvrir les yeux qu'avec des peines infinies et disait des mots si touchants que le cœur de sa mère s'ouvrait.

Enfin, dès que le jour parut, Ferdinand la conjura de se calmer *** meilleur médecin de la terre pour soulager leur petite bien aimée.

Hyacinthe l'attirant doucement vers elle se pencha sur son épaule pour parler dans son oreille :

— Ne va pas chez un médecin, dit-elle il n'y a que Minette qui puisse me guérir. Dis-lui de venir me voir, Ferdinand : elle m'ôtera bien vite mon mal, va !

Ferdinand ému d'un vague soupçon fit en toute hâte lever mademoiselle Minette par la bonne, et attendit impatiemment à la porte jusqu'à ce qu'elle fût habillée.

— Venez ! Minette, venez ! dit-il d'un air troublé, on a besoin de vous auprès du lit de ma sœur.

— À peine Hyacinthe entendît-elle sa petite amie, qui demandait avec effroi :

— Besoin de moi ? Ah !... pourquoi... ? qu'elle s'élança de son lit les bras ouverts devant Minette, en disant tristement :

— Voilà comme je suis !

Un cri d'horreur répondit seul à ce touchant appel : Minette s'enfuit sans vouloir embrasser Hyacinthe, et descendit quatre à quatre les escaliers en répétant.

— Non ! j'ai peur ! non ! j'ai peur !

Sa mauvaise action avait pris en effet une figure bien effrayante pour la punir ; mais s'en aller ! fuir devant la prière sans reproche d'Hyacinthe ! Ah ! c'était affreux ! c'était lâche, c'était encore la sécheresse de l'orgueil ! Je vous dis que l'orgueil est sans pitié. Il n'en a pas même pour ceux, qui le nourrissent, ce serpent ! Qui, dans le monde, si ce n'est Minette, ne fut tombé à genoux et n'eût pleuré à chaudes larmes devant l'énorme tête de son innocente compagne ? Les larmes, dit-on ne guérissent pas.

Non ; mais elles désarment ; et l'on n'eût pas vu ce que l'on a vu, si Minette n'eût été, par ce dégoût hors de raison, jugée indigne de toute pitié.

Ferdinand avec la promptitude d'un garçon de quatorze ans, que l'on irrite dans ses amitiés, (car sa mère et sa sœur étaient ce qu'il aimait le mieux dans l'univers) s'élança à la poursuite de la fuyarde et l'atteignit au bout du jardin, où Roch replantait tout ce qu'elle avait abîmé la veille. Ferdinand brûlait d'éclaircir le soupçon qu'il avait contre cette petite griffe, assez connue déjà dans le monde, (bien qu'elle n'y fût que depuis sept ans) pour ne pas inspirer grande confiance. La réputation d'une longue vie commence de bien bonne heure dans les familles.

— C'est vous ! dit Ferdinand qui avait saisi la petite fille effarée, c'est vous qui pouvez guérir ma sœur : Voyons, est-ce vous ?

— Je ne peux pas la guérir, non, laissez-moi, criait-elle en se tordant. Ahie ! je veux m'en aller !

— Oui ! tout de suite. Mais quand vous m'aurez avoué ce que vous avez fait à ma sœur.

— Rien du tout ! dit-elle un peu pâle, et les lèvres amincies : est-ce ma faute si elle en a trop mis ! je veux m'en aller.

— Ferdinand ! Ferdinand ! dit sa mère en l'appelant de la fenêtre, laissez cette petite. Le médecin ! mon ami, le médecin !

Et Roch, appuyé sur sa bêche, regardait avec un grand sang-froid l'heure de la justice qui allait sonner pour Minette ; des dames aussi, dont les jardins entouraient celui-là, regardaient également de leurs fenêtres l'acte de justice qui s'accomplissait alors.

— Le médecin, ma mère ! répondit Ferdinand à voix haute, le

voilà, tenez, le voilà ! poursuivit-il en levant en l'air par les bras, la furieuse Minette qui battait des pieds à vide, pour échapper à Ferdinand.

— Vous savez bien, reprit-il que la vipère guérit sa piqûre quand on l'écrase dessus.

Alors, inflexible et fort, il interroge de nouveau cette nuisible enfant. Elle avoue son crime, entremêlant sa confession de hurlements, qui disaient :

— Je veux m'en aller ! je le dirai à maman ! je vous ferai battre par maman !

Ce qu'il me reste à vous dire me fait perdre la respiration. Minette, au milieu du jardin entouré de fenêtres peuplées de spectateurs, devant Roch, qui en replanta ses fleurs avec plus de courage, Minette fut fouettée ! fouettée par un frère qui venge sa sœur, et qui y va de toute son âme, au bruit des applaudissements des spectateurs indignés : et tout en elle, tout ! jusqu'à sa jupe, en demeura immobile, pétrifié de honte.

Il faut tirer le rideau sur la fin de cette scène. On la reconduisit en voiture chez ses parents, ou à sa pension, n'importe. Ainsi tout lien fut rompu entre deux maisons qui s'aimaient avant la naissance de Minette !

Une quantité prodigieuse de lait, sa soumission à se baigner le visage, et les soins de ses amis rendirent à Hyacinthe la vue et la santé. Ce fut la seule qui pleura de l'humiliation de Minette.

LE PETIT RIEUR.

« Laissez entrer ce chien qui soupire à la porte ;
Je souffre quand j'entends souffrir autour de moi :
Fût-il aveugle et vieux, il pleure, qu'on l'apporte.
Mon feu lui sera doux… Quoi ! petit Paul, c'est toi ?
C'était le petit Paul. Sous un brouillard d'automne,
Pensif et tout mouillé depuis un long moment,
Sans l'ouvrir, à la porte il grattait doucement.
Pourquoi n'entrait-il pas ? On l'entoure, on s'étonne.
Il entre. Il reste là sans avoir dit : bonsoir,
Bonsoir, petite mère ! et sans oser s'asseoir.
Mais Paul tenait en vain sa paupière baissée ;
Les mères ont des yeux qui percent la pensée.
« De l'école avant l'heure on vous a fait sortir ;
Pourquoi ? Ne mentez pas.
— Je ne sais plus mentir,
Mère. Pour presque rien.
— Presque dit quelque chose :
Votre maître est si bon qu'il ne fait rien sans cause.
— On ne peut jamais rire, et c'est bien malheureux !
Moi, quand je ne ris pas, je suis tout las de vivre.
— Vous avez donc ri, Paul ?
— Oui, mère, sous mon livre.
— Qui vous rendait si gai ?
— Christophe. Il est affreux,
Christophe ! Il a l'œil trouble et la tête enfoncée.

Ses bras vont jusqu'à terre, et sa jambe est torsée,
Comment cela !
— C'est triste.
— Oui, si je l'avais su :
Mais je n'avais jamais vu d'écolier bossu ;
J'ai cru que les bossus venaient tout vieux au monde,
Comme Ésope à mon livre.
— Ésope fut enfant,
Et sa mère pleura. Pitié douce et profonde,
La laideur s'embellit quand ta voix la défend.
L'homme apporte des maux dont rien ne le console !
— Mais Christophe, ma mère, est un rude garçon ;
Ce n'est qu'un paysan, le dernier dans l'école.
Et comme on riait trop pour suivre la leçon,
J'ai dit : Ésope ! Ésope ! en regardant Christophe ;
Et j'ai fait le portrait du crochu philosophe :
Voyez ! Messieurs, voyez le divin animal !
— Et que disait Christophe ?
— Il détournait la vue ;
Il cachait dans ses mains sa rougeur imprévue,
Et je crois qu'il pleurait.
— Tais-toi ! tu me fais mal.
Il pleurait !... Ô railleurs, que vous êtes à craindre !
Un être a donc souffert, et souffert sans se plaindre :
Tout ce qui pleure est beau. Je l'aime en ce moment ;
Oui, j'aime mieux Christophe et sa jambe tournée,
Que ta langue épineuse à blesser destinée ;
Je l'embrasse de l'âme et je le vois charmant.
Viens, que je te corrige ! Écoute-moi : tu m'aimes ?
— Oh oui !
— Souvent nos dards retombent sur nous-mêmes.
Regarde-moi longtemps : et que ton avenir
S'épure d'un amer et tendre souvenir ;
Comment me trouves-tu ?
— Belle comme une mère !

Ô ma mère ! vos traits ont la douceur du ciel.
La vierge des enfants, que l'on prie à Noël,
Est comme vous tendre et sévère :
Oui, vous lui ressemblez. J'y pense en vous voyant,
Et c'est vous que je vois, ma mère, en la priant !
À l'église une fois vous êtes apparue,
Et la foule indigente en joie est accourue ;
Vos habits étaient gais ; vous étiez blanche ; et moi
Je disais : C'est ma mère ! et l'on disait : « Hé ! quoi !
C'est sa mère ! » Ah ! maman, quel bonheur !
— Je t'écoute,
Et je plains ton doux rêve ; il me touche. Il m'en coûte
D'attrister le miroir attaché sur ton cœur,
Où tu me trouves belle, où je me vois aimée ;
Mais, regarde, et gémis d'être un enfant moqueur :
Je suis laide.
— Ma mère !…
— Enfant ! je vous afflige ?
Je vous ôte un bandeau. Je suis laide, vous dis-je ;
Un jour, un petit Paul aussi rira de moi.
— Je le tuerai, ma mère ! oh ! quand il serait roi.
Dieu ! rire de ma mère !
— Et l'enfant qu'elle adore
L'enfant que son malheur lui rend plus sien encore,
Penses-tu qu'une mère, au fond de ses douleurs,
Ne se lèvera pas pour revenger ses pleurs ?
Et toi, mon fol enfant, fier de tes belles armes,
Lançant ton rire ingrat sur l'objet de ses larmes,
Prends garde ! si ta langue allait faire mourir !
Dieu dit : « Tu souffriras ce que tu fais souffrir. »

L’OISEAU SANS AILES.

— Que tenez-vous-là, Georges ? dit Marie à son frère qui accourait vers elle.

— Prenez-le, Marie ; car c’est un pauvre oiseau presque mort de froid.

— Où l’avez-vous trouvé, Georges ?

— Engourdi sur la neige, Marie.

— Pauvre oiseau ! dit-elle ; quelque méchant garçon t’aura coupé les ailes, et tu seras tombé du toit, sans pouvoir voler. Mais je te ferai un nid ; j’y mettrai de la laine chaude pour t’y coucher, et tu auras ta nourriture de ma main, jusqu’à ce que tes ailes soient repoussées. Ainsi, ne crie pas, pauvre oiseau ; cela me fait mal dans le cœur de l’entendre gémir.

Elle nourrit ainsi le jeune oiseau jusqu’à ce qu’il pût sautiller et voler. Georges le regardait avec joie, tout guéri et si familier qu’il s’élançait de sa cage, quand on lui disait seulement : petit ! petit ! Georges fut si content qu’il embrassa Marie en lui disant :

— Tu es bonne !

Par un jour de soleil et tout près du printemps, Marie regardait le ciel à travers la fenêtre ; elle dit en elle-même : C’est pourtant là le vrai séjour des oiseaux ; le nôtre a des ailes à cette heure ; quelle serait sa félicité de remonter vers ces beaux nuages d’or, et dans ce fond d’azur, sa splendide maison, sa première maison !

Petit ! petit ! cria-t-elle, courageusement ; et l’oiseau vola sur son épaule.

Adieu ! poursuivit Marie en versant une larme, qui tomba sur l'aile de l'oiseau, et en ouvrant précipitamment la fenêtre : Je t'aime mieux, dit-elle, pour toi-même que pour moi. Je t'ai rendu des ailes, ce serait affreux de les énerver dans une cage.

L'oiseau, ébloui d'abord, et un peu chancelant au grand air, fixa bientôt hardiment cette vivifiante lumière du ciel ; il étendit trois fois ses ailes palpitantes, et disparut enfin dans l'espace inondé de soleil.

Marie revint seule près de la cage vide, où elle appuya son cœur, et prenant dans ses deux petits bras cette cage triste, comme la chambre d'un ami perdu, elle dit tout bas :

— C'est lâche à moi de pleurer, car j'ai bien fait.

Tout à coup, Georges entra en sautant.

— Bonjour, Marie, où est le petit ? Petit ! petit ! cria-t-il ne le voyant pas comme à l'ordinaire dans sa cage égayée de fleurs et de feuilles vertes qu'il venait de renouveler.

— Vois qu'il fait beau, répondit Marie, en le conduisant à la fenêtre. Réjouis-toi, Georges. Notre ami est plus près que nous da ciel. Le ciel est à lui, vois-tu ? et je le lui ai rendu tout à l'heure ; regarde mes yeux… Je ne pleure plus. Georges cacha sa tête sur la fenêtre, et demeura pétrifié de douleur.

— Ah ! Marie ! dit-il enfin, rouge de reproche et de passion, tu m'as pris mon ami. Tu ne m'aimes pas ; tu n'aimes pas l'oiseau non plus, puisque tu l'as ainsi délivré.

— Délivré ! tu sens toi-même que c'est une délivrance. Tais-toi donc, mon frère ; et pense qu'il n'était à nous que pour le guérir, le recevoir en passant, comme un pèlerin blessé. Il chante peut-être nos deux noms à la porte du ciel ! tais-toi donc ! dit-elle en embrassant Georges qui l'embrassa lui-même ; car il sentait que le cœur de Marie était gros et battait contre le sien.

— Oui ! dit-il en la regardant, les yeux mouillés, mais pleins de courage : Tu as bien fait !

Vers le soir, comme ils rêvaient tous deux en regardant du coin de l'œil la cage silencieuse ils entendirent : tac ! lac ! tac ! contre la vitre.

Ô joie ! c'était l'oiseau qui battait ses ailes pour rentrer. On ne le fit pas attendre, vous le devinez bien ! Georges en poussant un cri de bonheur, courut vers la fenêtre ; Marie, qui était la plus grande, l'ouvrit en jetant vers le soleil couchant un regard heureux, tandis que Georges couvrait l'oiseau fidèle des chauds baisers de sa reconnaissante tendresse, et leur libre ami, tous les jours de sa douce vie d'oiseau, se partagea dès lors entre le ciel et sa cage ouverte !

L'homme s'élève de la terre au ciel, à la faveur de deux ailes, qui sont la simplicité et la pureté.

LE LIVRE D'UNE PETITE FILLE.

Dieu bénit les enfants qui vont vite à l'école ;
Peut-on, sans les aimer, les regarder courir !
On les croirait poussés par quelque ange qui vole,
Qui de leurs longs cheveux leur souffle une auréole,
Frappe à la lourde porte et les aide à l'ouvrir.
J'en sais un dont la mère, humble femme, est heureuse,
Et qui chante toujours avec ses cheveux blancs :
La reine dans ses fils est moins ambitieuse,
Que cette pauvre femme agitée et joyeuse,
Qui regarde voler deux petits pieds brûlants.
« La réputation commence avec la vie. »
A-t-elle dit un jour à son précoce enfant :
Cette échelle mouvante où monte aussi l'envie,
L'école grandira de mémoire suivie,
Et sera d'aujourd'hui le registre vivant.
Marche donc ! marche droit sans retourner la tête.
Qui s'amuse au présent retarde l'avenir !
Tends les mains jour par jour aux leçons qu'il t'apprête ;
Jeune, saute à pieds joints l'obstacle qui t'arrête ;
Vieux, va t'asseoir paisible au banc du souvenir.
Moi, j'y suis. Moi pourtant, j'apprends encor : je t'aime !
Je cherche, dans un coin de mon passé perdu,
Quelque fruit mis à part, stérile pour moi-même,
Car il fut, mon passé, d'une avarice extrême ;
Mais s'il te fait moins pauvre, il m'aura tout rendu !

Et l'on parla bientôt jusqu'au bout de la rue,
De l'enfant régulier qui savait l'heure : « Allons !
Voilà René qui passe et la nuit disparue ;
Voilà son cri de coq et l'aurore accourue ;
En route ! » et vers la ruche on poussait les frelons.
René, c'était l'abeille, et jamais buissonnière.
Un jour, un seul, son banc le réclama longtemps
C'est la première fois ! « Sera-ce la dernière ? »
Cria le maître aigri dans l'heure prisonnière.
Et les plus paresseux riaient, fiers et contents !
Ce jour même, aux rayons d'un soleil couleur
On trouva deux enfants que l'on croyait perdus.
Un saule, aux bras ouverts, leur a servi de chambre,
Et sur le blanc tapis que leur a fait décembre,
On dirait, de leur toit, deux ramiers descendus !
Le plus grand, c'est René. Le plus beau, c'est ma fille ;
Ange rôdeur qui boude à s'instruire avec nous ;
Qui va cacher son livre au fond de la charmille,
Qui ne veut point d'école au sein de la famille :
Qui se choisit un maître et l'écoute à genoux !
Cendrillon les absorbe ! ils ont contre la bise,
D'une haleine d'enfant l'innocente chaleur.
L'un par l'autre emportés de surprise en surprise,
René veut qu'on épelle et ma fille qu'on lise
Tout !… comme on veut d'un champ voir la dernière fleur !
Moi, j'y si fais peur aux rois : sois douce aux mères !
Donne un jour ta main droite à nos jeunes garçons ;
Tiens ces hommes-enfants loin des molles chimères :
Nous, pour qui la nature a des lois plus amères,
Laisse-nous de leurs sœurs enfermer les leçons !

LA PARESSE.

— Oh ! Maman ! quel bonheur de passer tout un jour sans rien faire ! cria tout à coup la petite Marie à sa mère.

— Quoi ! pas la moindre chose de tout : un jour, ma fille ?

— Non, maman, rien du tout !

— J'ai dans l'idée, moi, que le jeu finirait par t'ennuyer.

— Le jeu m'ennuyer maman ! oh ! maman, je serais plus heureuse que la reine.

— Les reines travaillent, mon enfant.

— Oh ! maman ! Vrai !... Vrai, mon petit Ange.

— Elles sont donc bien à plaindre ? dit Marie avec un gros soupir. Au contraire, le travail les dédommage souvent d'être reines.

Marie demeura confondue. Mais plus amoureuse que jamais d'un long espace tout vide de lecture et d'écriture, d'un jour de cent lieues à parcourir dans la danse, les papillons, les poupées, le soleil et tout ! Marie était palpitante de ce désir : l'eau lui en venait à la bouche, et riante, agitée, gracieuse et suppliante, elle recommença :

— Oh ! maman ! quel bonheur dépasser tout un jour sans rien faire !

— Je te le donne, dit sa mère en l'embrassant.

La respiration manqua à Marie. Elle rassembla ses joujoux, sautant à pas entrecoupés comme son haleine. Elle prépara son univers à elle toute seule ; car ses sœurs étudiaient avec les maîtres et leur mère, en attendant le dîner.

Elle porta sa liberté pendant une heure avec une constance parfaite. Elle glissait à travers, légère comme un rêve, ou comme une réalité qui a des ailes. Jamais oiseau, né pour voler, sans lire, ni écrire, ni coudre, n'a pris un élan plus rapide dans son ciel, que Marie dans son bonheur oisif.

Toutefois, peu à peu, son imagination, si haut montée, sembla s'alourdir ; puis, tous les instants qui suivirent, comme des moineaux dévorants qui ravagent du blé, lui enlevèrent, un à un, ses plaisirs.

Elle avait déjà pesé bien souvent ses joujoux les uns après les autres, ils devenaient de plomb ; à la fin, elle demeura muette devant eux, les bras pendants, les yeux fixes ; sa poupée était tombée en désordre, sans que Marie eût tremblé qu'elle ne se blessât ; au contraire, elle la releva avec une moue pleine de reproches, en l'appelant assez aigrement traîne-à-terre ! La soumission de cette poupée, favorite déchue, plus muette qu'à l'ordinaire, ne la toucha point. Elle s'avoua même un peu qu'elle était en carton : l'ennui désenchante tout.

Par bonheur, la chatte Mouflette montra tout à coup son nez rose à travers les vitres de la Fenêtre entre-ouverte et Mouffette parut illuminer la chambre, où rien ne bougeait, où rien ne parlait plus à Marie. Mouffette peupla le désert.

D'abord elle fut caressée. Contente elle-même de l'accueil distingué de sa petite maîtresse, elle miaula d'une voix flatteuse et ce ronron des chats satisfaits ranima un moment la solitude de Marie : on s'aima, on dansa !

Mais Marie, comme pour se venger d'avoir langui toute seule, y mettait une sorte d'ardeur qui déplût à Mouflette. Peu passionnée pour la danse, elle refusa de se prêter au jeu ; Marie la traîna alentour d'elle avec obstination, et lui tira très-imprudemment la queue. Ce procédé parut si inconvenant à Mouffette, que, de sa patte demeurée libre par oubli de sa danseuse, elle lui fit une longue égratignure sur son visage penché vers le sien, et s'enfuit lestement par où elle était entrée.

— Ingrate ! cria Marie, en tenant sa figure, voilà comme tu m'aimes, pour mon lait de tous les jours. C'est bon ! je le dirai a maman.

Mouffette ne l'écouta pas plus que si elle eut chanté. Alors, Marie chercha sa mère pour la prier de lui inventer un nouvel amusement, ou pour jouer avec elle ; mais sa mère active, qui savait le prix des heures, en apprenait l'emploi à ses autres enfants ; la petite fille ne la trouva donc point. Elle se traîna au miroir, et fit des grimaces. Elle s'assit encore silencieusement dans un coin de la chambre, où bâillante et accablée, elle pria Dieu pour l'arrivée de ses sœurs. Tout en priant, tout en soupirant, ne reconnaissant plus rien autour d'elle, elle cacha sa tête dans tous ses joujoux morts comme son bonheur, et s'endormit de désespoir.

Ce fut ainsi que la trouvèrent ses sœurs, ses sœurs éveillées comme des souris joyeuses. Elles avaient bien su leurs leçons, et poussaient des chants pleins d'espoir et d'appétit : la bonne mettait le couvert !

Marie les regarda, les yeux gonflés d'un mauvais sommeil. Quand elle voulut se lever, elle était lasse et raide comme dans une fièvre de croissance.

— Es-tu malade ? Marie, lui demandèrent ses sœurs qui l'aimaient tendrement.

Marie déclara qu'elle était bien malheureuse.

Alors toutes s'empressèrent de lui apporter ses joujoux qui traînaient ; mais elle en avait mal au cour, et se détourna en criant qu'il y avait un complot contre elle, que tout le monde voulait la faire mourir de chagrin !

Dans ce moment, sa mère qui connaissait la cause du sommeil et du désordre de cette petite paresseuse entra.

— Regarde autour de toi, Marie, dit-elle en lui prenant la main avec douceur, cherche, en nous comptant l'une après l'autre, celle qui a voulu te rendre malheureuse.

Marie eut beau parcourir tous ces visages bienveillants, elle n'y trouva pas son ennemie. Alors elle dit d'une voix honteuse :

— Je ne sais pas !

— Je vais t'aider à la connaître, moi, poursuivit sa mère en la plaçant toute droite devant le miroir : Regarde : la voilà !

Marie fut frappée de ce petit visage maussade où l'ennui faisait déjà des siennes ; il enlaidit beaucoup les enfants, et tout le monde.

Elle écouta, docile, les paroles sages et tendres qui se gravèrent aussi avant dans son cœur que le souvenir humiliant de cette journée entière de bâillements, d’égratignures et de langueur : plutôt périr que d’y retomber. Aussi, comme elle apprit ses leçons ! comme elle aima l’étude ! je crois de même que c’est la plus douce nourriture du temps. Et vous !

LE PREMIER CHAGRIN D'UN ENFANT.

Le chagrin t'a touché, mon beau garçon. Tu pleures ;
Ta lèvre tremble ; allons ! te voilà dans nos rangs ;
Tu viens d'apprendre. Oui, nous naissons expirants ;
Oui, la vie est malade avant que tu l'effleures.
Que veux-tu ? tes épis pleins de lait, verts encor,
Pour tes jeunes larcins plus attrayants que l'or,
N'iront pas égayer sous ce treillage vide
Le ramier, de tes dons si tendrement avide.
Tu courais dans ta joie : et puis, un dard moqueur
T'a frappé sons le sein. Pauvre enfant ! c'est le cœur ;
On ne peut te l'ôter ; la vie est là. Des larmes
Baignent à ton insu ta pâleur et tes charmes ;
Tu ne te sauves point dans ton premier effroi :
Un instinct te l'a dit ; la mort est devant toi.
Oui, le Pylade ailé de ta coureuse enfance,
Doux et muet témoin de tes ébats naïfs,
Qui se laissait aimer ou gronder sans défense,
Qui savait te répondre en murmures plaintifs,
Ton camarade est mort. Celte idole livide
Grave le premier deuil sur la page encore vide
De ta mémoire vierge. Oh ! que tu souffriras !
Ce que tu dois aimer, oh ! que tu l'aimeras !
Car nul cri ne t'échappe, et d'un muet courage,
Sous ta petite main tu contiens tout l'orage :
Mais je te sens souffrir de ce qui souffre en moi ;

Ce qu'on aime est si triste ainsi gisant et froid.
Nul chagrin n'entrera plus au fond de ton être ;
Nul amour ne sera plus vrai pour toi, peut-être.
Là-bas, dans l'avenir où coulent tes beaux jours,
À ton beau ramier bleu tu penseras toujours :
Et, plus tard, abattu sous les vents du voyage
Seul, au bord d'un sentier dépeuplé, sans fraîcheur,
Sans soleil, et navré de quelque adieu railleur,
Tes yeux retourneront tristes vers l'humble cage
Où t'attendait l'ami par ton souffle éveillé,
Qui, vivant sur ton cœur, ne l'a jamais raillé !
Oui, tu regretteras cet amour sans mélange,
Et tes pleurs innocents où se mire un jeune ange !
Tu diras dans ton sort, plein d'échos du passé,
Par des amis ingrats amèrement blessé :
Oh ! je voudrais, mon Dieu, pleurer de douces larmes,
Comme l'enfant candide et sans haine, l'enfant
Qui pleurait son ramier mort dans ses jeunes charmes ;
Oh ! pleurer comme alors !… qui donc me le défend ?

LE PETIT BERGER.

J'aime la campagne ; je suis bien sûre que vous l'aimez aussi. C'est un grand jardin sans murailles, sans rideaux, sans jalousies. Rien n'y cache le lever du soleil ; il se couche devant vous, et l'on sent jusqu'au dernier de ses rayons qui nous dit à tous :

— Au revoir !

La nuit aussi est animée de bruits qui réjouissent l'âme à demi endormie. C'est un grillon caché dans le four. L'enfant rit quand il l'écoute ; car sa mère, qui sait tout, dit qu'il porte bonheur au village. C'est partout des amis qui se bougent, qui respirent à l'entour de vous.

Le coq chante trois fois et sonne l'heure, c'est l'horloge vivante de la nuit. Il est gai de sentir palpiter la nature, même quand elle est noire ; d'entendre frémir les poules, de comprendre tous les cris voilés des poussins, qu'elles tiennent renfermés sous leurs ailes, et qui ont chaud !

Il est gai de voir, durant le jour, des fleurs, plus belles dans un sentier désert, que les fleurs peintes aux riches tapisseries du roi et de la reine. Le soir, quand on ne les voit plus sous la lune trop pâle, sous le ciel trop sombre, quel bonheur de les respirer ! de humer leur haleine qui coule au cœur, qui fait du bien, qui sent bon, qui murmure dans l'air : « Bois la vie ! » et qui nous attire à genoux, les mains jointes, levées pour dire :

— Mon Dieu !

Un petit berger, bien qu'il n'eût que six ans, savait lire tout cela dans le champ de son père. Il est vrai que c'est un beau livre qu'un champ ! Ce petit bonhomme, aux pieds nus, au chapeau de paille, aux cheveux couleur de paille, avec deux petites lumières noires qui lui faisaient des yeux, les yeux les plus perçants de son village, avait composé de son petit cerveau comme une chambre noire qu'il emportait partout, où il amassait en silence des couleurs, des formes, de la peinture vivante, pour tout son avenir.

Quand on le voyait au bord d'un chemin, droit et immobile comme l'arbre où il cherchait de l'ombre, tandis que cinq à six moutons, la tête en bas, épluchaient le sol de toutes ses plantes embaumées, et que sa tête, à lui, comme celle qui frémit au moindre soupir du vent, tournait mobile et curieuse, avec tous ses cheveux épars ; on s'arrêtait.

On disait : Qu'est-ce que tu regardes donc là-bas, Hilaire ? « Ah ! mais… » répondait l'enfant à qui les mots manquaient, « Ah ! mais ! … »

Les vieux pâtres passaient et se mettaient à sourire. Ils n'avaient jamais vu un petit berger si peu causeur.

Non pas rentré au village pourtant : on eût dit qu'alors il fermait sa boîte à couleurs, de concert avec le soleil, qui, le soir, emporte les siennes. Le petit Hilaire dansait, courait autour de l'église, jouait, à tous les jeux bruyants des garçons, qui ont besoin, pour grandir, de pousser leurs voix, de gambader, de s'étendre en tous sens.

Hilaire était alors le plus fameux ; il attelait les autres après lui, si on peut dire cela. Tantôt sur une charrette, tantôt sur un cheval, escaladant un bœuf, ou le remplaçant à une charrue renversée, qu'il redressait tout seul ; c'était un lutin de mouvement, d'énergie, de gaîté ; un gamin de village, qui eût fait rire des pierres, et qui trouvait une galette dans toutes les chaumières. On l'y attirait pour lui faire peindre des postures. Les villageois appelaient ainsi tous les portraits de vaches, de chevaux et de chiens qu'Hilaire charbonnait sur les murailles. Il y avait de ses tableaux tout autour de l'église. C'était son album ouvert, parce que les murs étaient lisses et luisants. Il y déroulait tout le portefeuille relié dans sa tête ; il placardait ses pensées dans l'ombre, en jouant, toujours armé d'un charbon, ou d'un morceau de craie qu'il cachait dans sa chemise.

Le soir, il cessait de jouer à cloche-pied, sous l'humble parvis, ou bien, en attendant son tour, pour respirer, il allait, en courant, tracer une figure, un arbre, sans y voir. Il fit M. le curé ressemblant, frappé de l'avoir vu un jour porter le bon Dieu à un malade. On reconnut M. le curé, M. le curé se reconnut, et il passa doucement la main sous le menton du petit villageois surpris, qui sentit, pour la première fois, qu'il ne serait pas toujours berger ; car, dans le regard de ce bon curé de campagne, il y avait une promesse : elle fut réalisée.

— Et puis, que fais-tu là par terre ? demanda-t-il, quelques jours après, à Hilaire étendu à plat-ventre auprès d'un tas d'argile. En même temps il se baissa pour voir : car il était vieux et ses yeux aussi !

— Tout ça ! et puis tout ça ! répondit l'enfant ; il y en aura un pour vous ! Jamais vous n'avez vu de plus charmants moutons, presque bêlants ; ni des petits cochons plus prêts à grogner.

C'était joli, c'était vrai de forme, pétri et modelé avec une sagacité naïve, qui fit rêver encore une fois M. le curé, disant en lui-même : « Il faut pousser ce petit gardeur de cochons ! »

Il le poussa ; l'instruisit dans un livre, et l'habitua aux souliers. Alors il le mena droit avec lui au château où il allait dire la messe, quand le maître était malade. Hilaire restait des heures entières devant les tableaux d'une galerie peuplée de peintures, où le malade se plaisait à le voir si absorbé, qu'il oubliait d'avoir faim.

— Quel est ton sentiment la-dessus ? lui demandait le curé quand il était temps de partir.

— J'en ferai des pareils ! répondait-il sans orgueil, parce qu'il voyait ses tableaux à lui pendre dans l'avenir.

Alors il retournait joyeux à son argile et à ses moutons.

Il dit pourtant un jour adieu à ces belles scènes changeantes ; mais adieu, comme le soleil qui dit : « Je reviendrai. » Il revint douze ans après, tout rayonnant d'instruction, d'expérience, de lumière et de gloire. Tout le village, en tressaillant d'aise, courut au-devant d'Hilaire, le petit berger ! avec de gros bouquets et des couronnes.

Il mangea de la galette délicieuse dans beaucoup de chaumières, où il pleura de retrouver ses postures soigneusement gardées sur les murailles. Tout le monde n'est pas peintre au village, mais presque tout le monde y est bon. L'on s'y rassemblait souvent autour de M, le curé, pour l'entendre lire, dans l'écriture d'Hilaire, tout ce qu'il écrivait de si amical qu'on s'essuyait les yeux, parce qu'il ne finissait pas une de ses lettres sans dire : J'embrasse mon village, et je tâcherai de lui faire honneur ! Alors M. le curé embrassait tout le monde. On pouvait bien dire qu'après Dieu, il avait fait un peintre célèbre d'un berger, en lui donnant des protecteurs et des conseils éclairés.

Aussi M. le curé montre-t-il une chambre toute pleine des couronnes d'Hilaire : le berger-peintre les lui a toutes données avec son portrait aux pieds nus, recevant du saint homme son premier livre et ses premiers souliers !

LE COUCHER D'UN PETIT GARÇON.

Couchez-vous, petit Paul ! il pleut. C'est nuit : c'est l'heure.
Les loups sont au rempart. Le chien vient d'aboyer.
La cloche a dit : « Dormez ! » et l'ange gardien pleure,
Quand les enfants si tard font du bruit au foyer.
« Je ne veux pas toujours aller dormir ; et j'aime
À faire étinceler mon sabre au feu du soir ;
Et je tuerai les loups ! je les tuerai moi-même ! »
Et le petit méchant, tout nu, vint se rasseoir.
Où sommes-nous ? mon Dieu ! donnez-nous patience ;
Et surtout soyez Dieu ! soyez lent à punir :
L'âme qui vient d'éclore a si peu de science !
Attendez sa raison, mon Dieu ! dans l'avenir.
L'oiseau qui brise l'œuf est moins près de la terre ;
Il vous obéit mieux : au coucher du soleil,
Un par un descendus dans l'arbre solitaire,
Sous le rideau qui tremble ils plongent leur sommeil.
Au colombier fermé nul pigeon ne roucoule ;
Sous le cygne endormi l'eau du lac bleu s'écoule,
Paul ! trois fois la couveuse a compté ses enfants ;
Son aile les enferme ; et moi, je vous défends !
La lune qui s'enfuit, tonte pâle et fâchée,
Dit : « Quel est cet enfant qui ne dort pas encor ? »
Sous son lit de nuage elle est déjà couchée ;
Au fond d'un cercle noir la voila qui s'endort.
Le petit mendiant, perdu seul à cette heure,

Rôdant avec ses pieds las et froids, doux martyr !
Dans la rue isolée où sa misère pleure,
Mon Dieu ! qu'il aimerait un lit pour s'y blottir !
Et Paul, qui regardait encor sa belle épée,
Se coucha doucement en pliant ses habits :
Et sa mère bientôt ne fut plus occupée
Qu'à baiser ses yeux clos par un ange assoupis !

LES PETITS SAUVAGES

Un naturaliste vivait heureux au milieu des échantillons de toutes les parties du monde qu'il pouvait rassembler dans son cabinet.

Ces fragments de l'univers étaient rangés avec tant d'ordre, qu'une carte de géographie semblait froide auprès des quatre coins de ce monde en miniature. C'était un charme. Ce savant conduisait par la main ceux qui le visitaient, là en Asie, là ! en Afrique, là en Europe ou bien en Amérique. C'était presque aussi instructif et beaucoup moins fatigant.

Monsieur Le Fémi, comme il s'appelait, avait aussi des enfants qu'il aimait avec une tendresse infinie, mais prudente. Ce sanctuaire de la science, qui était en même temps la source de leur fortune, ne s'ouvrait pour eux qu'en sa présence. Il pensait, ce père plein de sollicitude pour ces chers petits ignorants, que la chose la plus innocente recèle un danger, quand on en méconnaît l'usage. Aussi fermait-il soigneusement à clé ce magasin pittoresque, objet de la curiosité toujours renaissante de ces trois enfants affamés de nouveautés et de joujoux.

— Oh ! que je voudrais avoir un morceau d'Asie ! disait l'un. Moi, une dent de l'Afrique, disait l'autre en soupirant pour un long fragment d'ivoire étiqueté : Dent d'hippopotame d'Afrique.

Mais, mieux garantis qu'Adam et Ève dans leur soif curieuse, ils tournaient autour de l'arbre de la science, sans pouvoir y rien cueillir, car il était sous les verroux. Ils n'entraient qu'avec leur père, quand nul danger ne pendait aux murs ; quand les serpents étaient vendus on empaillés ; enfin, quand on pouvait faire ce voyage de la terre connue, sans crainte de se blesser en route.

Mais un instinct dangereux ramenait sans cesse les enfants autour de celte salle, isolée de la maison par l'espace d'un jardin qui l'en séparait. C'était au bout d'une longue allée d'arbres, où ces enfants jouaient à tous leurs jeux bruyants. Ils choisissaient de préférence cette place à tous les coins frais et odorants du jardin dans le seul plaisir de lever leurs nez vers la grande fenêtre inflexiblement fermée, et de regarder à travers tout ce qui leur eût fait des jouets si amusants ! Vous eussiez dit de jeunes chats sous une volière.

Un jour moins clair qu'un autre, un de ces jours qui portent l'homme à la réflexion, et les enfants à l'ennui, où le soleil s'était caché, peut-être pour ne pas voir ce qui allait arriver, les trois enfants allaient, venaient, errants par-ci, par-là, les bras sur la tête, sans goût, sans jambes pour grimper aux arbres où il n'y avait plus de poires, un vrai jour de repos et d'inaction, si des écoliers en vacances pouvaient comprendre l'inaction et le repos. Monsieur Le Fémi, sorti de grand matin pour des recherches précieuses, venait comme à l'ordinaire d'emporter sa clé : mais comme il avait nouvellement reçu des caisses pleines de toutes sortes de trésors étrangers, un grand désordre régnait dans son cabinet, où tant de belles choses étaient confondues pêle-mêle sur les tables et par terre. Déjà vingt fois messieurs les enfants avaient plongé leurs yeux de cormoran contre les carreaux de vitres, qu'ils détestaient, faisant des commentaires sur tout ce qu'ils entrevoyaient d'une manière si imparfaite et sans pouvoir y toucher ! leurs cœurs passaient à travers la fenêtre. On sait bien que c'est attrayant des curiosités à distance, des objets qui brillent, dont les couleurs éclatent, dont la forme inconnue tourmente l'intelligence, et attire l'instinct d'apprendre ; on le sait bien ; mais des enfants qui doivent être un jour des hommes, ont déjà le courage nécessaire pour vaincre ses élans mal placés.

Il y a toujours de la joie dans la résistance contre un mauvais désir, et toujours du danger dans la possession d'une chose défendue.

C'est encore ici une preuve de cette grande vérité. L'impossibilité de glisser en corps comme en âme par ces carreaux transparents qui semblaient rire au nez des enfants, leur rendit l'énergie de courir et de chercher à se distraire par le mouvement et le bruit.

Une paume heureusement retrouvée fit l'affaire. Il y eut un moment d'ardeur et d'oubli qui tint lieu de vertu. On ne pensa qu'au bonheur permis. On fit bondir la paume au milieu de l'allée verte ; on sauta presque aussi haut qu'elle, et l'idée fixe du cabinet merveilleux s'évapora en cris aigus, étourdissante morale de cet âge.

Mais la paume lancée à travers l'espace par la main déjà vigoureuse d'Alfred se dirigea comme à son insu du côté de la fenêtre, et brisa le carreau du milieu. Clic ! clac ! un trou pour passer la tête : gare la tentation !

Il n'y avait pas deux partis à prendre : il fallait fuir. Ce n'est pas lâche de fuir la tentation.

Alfred resta pétrifié comme Émile et Blondel. Il perdit son temps à déplorer une faute involontaire, et à ramasser les inutiles débris de la vitre en éclats. C'était du temps bien employé !

Peu à peu, le bruit du verre rompu s'oublia, le regret de cette faute se fondit dans une ardente espérance rallumée.

— Vois comme on voit ! dit Alfred à voix basse.

— Oh ! que c'est beau ! répondirent les autres plus petits, en se haussant sur leurs pieds, et se tenant au mur sous la fenêtre.

Alfred, entraîné dans l'éblouissement de l'attraction, grimpa jusqu'au carreau cassé, et s'accrocha sur l'appui de la fenêtre en passant son bras par ce trou de mauvais augure.

— Qu'est-ce que tu vois ? demandaient les plus petits haletants et gênés.

Le cou leur faisait un mal affreux, et leurs ongles, ne pouvant entrer dans le mur, se cassaient contre, ce qui est très douloureux.

Enfin, la probité fit naufrage. L'espagnolette rouillée se trouva, je ne sais comment (Alfred lui-même n'a pu l'expliquer), sous la main de l'escaladeur. Elle tourna, cria un peu, sépara en deux la croisée gémissante d'une telle violation, et tout fut dit. Les deux petits se hissèrent comme ils purent, après quelques glissades qui crevèrent les pantalons aux genoux, et à l'aide de l'infatigable Alfred, qui ne voulait être heureux ni coupable tout seul, on entra ivre, palpitant, effrayé de bonheur, forcé au silence par excès d'émotion et de fatigue.

Après cette trêve qui ranima les cœurs, toutes les caisses ouvertes furent inspectées ; on fureta les quatre parties du globe ; on se trompa en replaçant les spécimen plus chers au naturaliste absent que les prunelles de ses yeux. Bien des choses qui venaient du coin de l'Afrique furent rejetées à la hâte au milieu de l'Asie. En un moment tout fut sens dessus dessous ; on marcha sur l'univers ; on s'habilla en sauvage !

Il y avait précisément là les dépouilles de quelque tribu, dont les ceintures et les bonnets surchargés de plumes offraient une irrésistible parure. Les bonnets flottants haussèrent de trois pieds Alfred et ses frères. Les pantalons déchirés disparurent sous les ceintures emplumées qui leur faisaient des blouses, vu leurs tailles, et des carquois brodés de perles ou de coquillages furent attachés tant bien que mal sur leurs épaules tremblantes d'orgueil.

— Toi, tu es anthropophage ! dit Alfred à Blondel, petit blond naturellement fort doux, que l'exemple seul avait attiré dans ce gouffre.

— Toi, Emile, tu es l'Esquimau, mangeur de poissons et de fruits.

Moi ! je suis le chef d'une tribu guerrière ; je passe : l'anthropophage veut te manger, je tire une flèche, et je le tue.

— Non ! je ne veux pas que tu me tue ! dit Blondel qui prétendait jouer longtemps. Il faut nous battre ; tu crieras : arrête ! je ne m'arrêterai pas ; Emile tombera ; et pendant que je lui mangerai la tête, pour faire semblant, toi tu feras un cri de guerre, oak ! oak ! et nous nous battrons.

— Hardi ! répliqua l'aîné, et la pièce commença.

Les flèches jouèrent leur rôle ; rôle affreux !

La mort montre un bout de sa faux partout. On dirait que les enfants l'agacent dans leurs jeux pleins d'imprévoyance : elle tourne autour de ceux qui n'ont pas de respect pour les ordres de leur père.

Les flèches, en apparence plus élégantes qu'acérées, ressemblant par leur extrémité à l'aile d'un oiseau gracieusement ouverte, s'entremêlèrent bientôt aux acclamations confuses de : oak ! oak ! et de tout ce qu'on pouvait inventer de plus sauvage, lorsqu'une douleur aiguë arracha un vrai cri, un vrai aie ! si naturel, et si perçant qu'il termina le combat. Alfred était blessé au doigt, et bien qu'il voulut rire, il paraît qu'il n'en eût pas la force. La piqûre le mordit jusqu'au sang.

La voix du père, retentissante comme la voix de la conscience qui s'éveille, parvint dans leurs oreilles dressées de peur.

— Alfred ! Emile ! Blondel ! allons donc, messieurs ! où êtes-vous tous les trois !

Personne n'osa souffler.

— Bientôt des pas d'homme approchent.

Monsieur Le Fémi, poussé par un battement de cœur de père, une arrière-crainte qu'il n'avait pas encore sentie, atteint le bout de l'allée : il pousse un cri sourd en voyant la fenêtre entr'ouverte. Il n'attend pas le porteur qui le suit chargé d'une énorme caisse d'emplettes rares.

Sans prendre le temps d'ouvrir la porte dont il tient la clé dans sa main qui tremble, il apparaît comme un Dieu terrible… et sauveur, aux yeux des sauvages qui tombent à genoux, eux et leurs plumes, humiliés dans la poussière.

Un coup d'oeil rapide jeté sur leur costume, qui l'eût fait rire, s'il ne l'eût épouvanté, fait jaillir dans son âme une pensée funeste qui surmonte son indignation.

— Qu'avez-vous fait ! s'écrie-t-il, vous surtout, Alfred, vous l'aîné, le premier après moi, pour les guider, méchant garçon !

— Il est blessé ! répondent en sanglotant ses frères, montrant le doigt entr'ouvert d'Alfred, pâle et muet de souffrance.

— Terreur ! pitié ! blessé ! par quoi ?

— Par cela ! dit Blondel, l'anthropophage, montrant la flèche plus grande que lui.

Un vertige saisit le père, qui chancela plus pâle qu'Alfred.

— Enfant !… misérable… ! non ! mon fils ! bégaye-t-il d'une langue sèche de frayeur, en soulevant de terre son malheureux Alfred ! Viens ici. Du courage, entends-tu, ou tu es mort dans une heure, et si tu meurs, je meurs, entends-tu, je meurs !

— J'aurai du courage, mon père, dit le coupable, fais ce que tu veux.

— Tenez cet enfant, monsieur… mon ami ! tenez-le ferme entre vos genoux ! dit M. Le Fémi en appelant au secours le porteur, qui franchit la fenêtre, ému, ce brave homme, de la terreur peinte dans les yeux du naturaliste qui atteignait une hache d'armes du Moyen Âge.

— Alfred, répète-t-il à l'enfant immobile, il faut que je te coupe le doigt.

— Coupe ! dit Alfred, en l'avançant lui-même.

— Ah ! mon frère !

— Ah ! monsieur ! crièrent les enfants et l'homme épouvantés.

— Pas une seconde à perdre, la flèche est empoisonnée. Ferme donc !… et le doigt tomba.

— Tu le garderas, dit Alfred, sans faiblir.

Les plus jeunes tremblaient sous leurs plumes tandis que le père, dans un sublime sang-froid, brûlait la plaie vive de son fils qu'il disputait à la mort. La force humaine n'alla pas plus loin : et quand il eut terminé cette opération pour laquelle Dieu le soutenait, il serra convulsivement la tête d'Alfred sur sa poitrine, et perdit connaissance.

Ce ne fut que longtemps après ce jour, dont l'impression forte et salutaire est encore gravée chez ces enfants corrigés, que la mère d'Alfred apprit l'événement qui s'était passé si près de sa chambre. Malade alors, elle n'en sortait pas. L'enfant ne se plaignit point, ne versa point de larmes, quand elle s'aperçut avec de vives craintes qu'il avait la main enveloppée :

— Ce n'est rien, ma mère, rien du tout, dit-il en s'enfuyant pour ne pas lui donner le saisissement d'une telle vue.

Il chanta même de toutes ses forces, ce qui rassura et fit sourire la mère.

Mais il pleura, oh ! il pleura beaucoup avec son père, parce que ce bon père en voulant faire des reproches justes à son garçon, fut tout-à-coup étranglé par des sanglots qui firent tomber Alfred à ses pieds.

Il les mouilla de larmes.

— Oui ! pleure ! pleure ! dit-il ; nous pouvons être un moment faibles l’un devant l’autre : nous avons eu l’un pour l’autre tant de courage !

L'OREILLER D'UNE PETITE FILLE.

Cher petit oreiller, doux et chaud sous ma tête,
Plein de plume choisie, et blanc, et fait pour moi !
Quand on a peur du vent, des loups, de la tempête,
Cher petit oreiller, que je dors bien sur toi !
Beaucoup, beaucoup d'enfants pauvres et nus, sans mère,
Sans maison, n'ont jamais d'oreiller pour dormir ;
Ils ont toujours sommeil. O destinée amère !
Maman, douce maman, cela me fait gémir.
Et quand j'ai prié Dieu pour tous ces petits anges
Qui n'ont pas d'oreiller, moi j'embrasse le mien.
Seule, dans mon doux nid qu'à tes pieds tu m'arranges,
Je te bénis, ma mère, et je touche le tien !
Je ne m'éveillerai qu'à la lueur première
De l'aube, au rideau bleu c'est si gai de la voir !
Je vais dire tout bas ma plus tendre prière :
Donne encore un baiser, douce maman ! Bonsoir !

PRIÈRE.

Dieu des enfants ! le cœur d'une petite fille,
Plein de prière, (écoute !) est ici sous mes mains ;
On me parle toujours d'orphelins sans famille :
Dans l'avenir, mon Dieu, ne fais plus d'orphelins !
Laisse descendre au soir un ange qui pardonne,
Pour répondre à des voix que l'on entend gémir.
Mets, sous l'enfant perdu que la mère abandonne,
Un petit oreiller qui le fera dormir !

LE PETIT DÉSERTEUR.

EN CINQ PARTIES.

I. LA DÉSERTION.

« Huit ans, fluet, rose, bien mis ; une montre d'étain en sautoir, une pièce de dix sous toute neuve et des billes dans sa poche. »

Tel était le signalement passé de main en main, depuis le faubourg Poissonnière jusqu'à la barrière du Temple, d'un petit garçon, sans chapeau, qui avait disparu le matin de chez son père : on ne voulait pas le croire. On disait : « c'est impossible ! un enfant ne quitte pas son père. »

Quelqu'un répondait :

— Si ! si ! on l'a vu passer sans chapeau, en petit garnement, criant en confidence à un écolier qui l'appelait pour jouer aux billes : « Je n'ai pas le temps : je fais l'école buissonnière. Ne dis pas que je vais chez ma tante, à Dammartin. Ah ! ah ! J'ai pris mon parti ? ne le dis pas. »

Il y avait une foule de voisins aux portes qui racontaient ou qui écoutaient ce départ dont l'imagination était frappée comme d'un sinistre présage. Une vieille qu'on croyait comme l'Évangile disait :

— Cela annonce une révolution. L'enfant qui déserte la maison de son père, c'est les hirondelles qui s'envolent d'un toit. Ne me parlez jamais de choses pareilles ; elles portent malheur ! Tout le monde frissonnait.

— C'est-à-dire qu'elles portent malheur aux hirondelles et aux enfants, repartit l'épicier qui combattait pour son compte un augure si menaçant. Il ne faut pas croire que les honnêtes gens doivent payer pour les mauvais sujets.

— À présent, cherche ! interrompit celui qu'on avait mis à la poursuite du fuyard, et il se mit à courir, le signalement à la main, poussant tout le monde, qui s'arrêtait de surprise, disant :

— Qu'est-ce qu'il a donc ?

— Je cherche un enfant, répliquait l'homme, moitié triste et moitié colère : un gamin, que si je le tenais ! Huit ans, fluet, rose, bien mis ; une montre d'étain en sautoir, une pièce de dix sous toute neuve et des billes dans sa poche !

Enfin tout le signalement. Quel scandale sur le boulevard ! Quel étonnement pour tous les curieux à qui cet homme racontait que l'enfant, qu'il osait à peine nommer Oscar, évitant d'ajouter le nom de son père, s'enfuyait de sa famille, pour avoir reçu le fouet ; et si peu, si peu, que sa mère n'avait fait que semblant ! Les curieux étaient confondus.

Pendant cela, monsieur Oscar courait comme un brûlé, croyant n'atteindre le bonheur qu'après avoir franchi la barrière. Il passa roide et prompt, sans chapeau, sans passeport, ce qui est d'une audace inouïe, jetant la plume au vent ; ou, pour parler mieux encore suivant son aspect dévergondé, jetant son bonnet par-dessus les moulins. Il y avait un tel parti pris dans son aspect de désordre, qu'on l'eût pris pour Christophe Colomb courant à la conquête d'un nouveau monde.

Il fuyait l'école, il allait chez sa tante, et il avait dix sous ! l'espace, le temps, la fatigue, tout disparaissait devant ses téméraires espérances.

— Ma tante, disait-il en lui-même, en fendant l'air qui faisait voler ses cheveux blonds, ma tante me donnera un chapeau. Elle me donnera cent chapeaux : c'est ma tante ! c'est riche, une tante ! et elle ne me donnera pas le fouet. J'aurai tout ce que j'avais quand je demeurais chez ma mère ; des tartes, des galettes, des cerfs-volants, (j'en veux douze de cerfs-volants !) et je n'irai plus à l'école, où l'on devient bête. Je ferai un buisson tous les jours ; je courrai avec Pierre ; je me battrai avec François, j'irai nager avec le cheval. C'est bien mieux ! d'ici-là, je trouverai à manger, quand je passerai devant les pâtissiers, ils me donneront des gâteaux.

On a tout avec de l'argent : mon père l'a dit. Et j'ai une pièce blanche ! on crie toujours que ma tante est mon coupe-gorge ; mais j'aime mieux ma tante, moi ! ma tante n'a pas de livres. Oh ! ma tante ! vive ma tante !

Il marche ! il marche !

Des arbres passaient devant lui, fuyaient derrière comme sur un plancher à coulisse. Des moutons, des vaches, des champs où les blés flottaient, où les fleurs brillaient ; tout glissait sous ses yeux par la rapidité de sa course. Mais point de maisons, point de pâtissiers ! seulement des flots de poussière qu'il levait avec ses pieds, et qui séchaient sa gorge, parce que d'abord il avait chanté la Parisienne et tout !

Il marche ! il marche !

À la fin, quelques chaumières apparaissent sur le chemin. Ses regards affamés se portent vers les enseignes, point d'enseignes ! enfin, au milieu de quelques paires de sabots, de harengs saurs et de savon vert, trois brioches de campagne et des œufs rouges de Pâques dernières raniment le voyageur épuisé. Il paie sans marchander la somme qu'on lui demande de ces denrées desséchées au soleil, puis il remet, comme l'homme errant de l'écriture, cinq sous dans sa poche. Il croit, comme le juif maudit, que ces cinq sous se renouvelleront : vous allez voir.

Quoi qu'il en soit, il mange les œufs durs et les brioches qui tombent en poussière, et reprend haleine un moment devant une femme à demi-stupide, qui le regarde baigné de sueur et défiguré de poussière, sans s'inquiéter ni d'où vient, ni où va ce petit arpenteur de grand chemin.

— Pour aller chez ma tante, dit-il, c'est-il encore loin ?

— Quelle tante ? demande la maîtresse de ce bazar de hameau.

— Ma tante, quoi ! ma tante Dorothée Carbonnel.

— Je ne sais pas ce nom-là, repart la femme insoucieuse en se remettant à tirer le lin d'une quenouille de chanvre.

— Mais, ma tante Dorothée Carbonnel, comment ! repart Oscar qui ne comprend pas que sa tante soit inconnue à quelqu'un dans le monde, elle est à Dammartin, ma tante ! et c'est ma tante.

— Ah ben ! faut que vous retourniez sur vous, et puis prendre la fourche à votre main droite, et ce sera par là. Y aura toujours quéque laboureur en champ pour vous montrer.

Oscar dérouté et las du repos même qu'il avait pris, car il en sentait mieux sa fatigue, rebrousse chemin. Alors le soleil lui donna en plein dans la figure, sans chapeau, sans quelques larges feuilles pour cacher un peu sa tête qui bout comme au milieu de la chaudière de midi ; c'est à tomber sur place ; aussi lève-t il pesamment cette poussière qu'il faisait voler naguère avec tant d'insolence.

Une inquiétude brûlante le dévore sans qu'il y trouve un nom ; car tant de choses déjà tournent dans son isolement, qu'il souffre sans pouvoir dire de quoi : c'est la soif ! il se ressouvient qu'il a oublié de boire, après le repas d'une nourriture fanée et altérante. Ah ! c'est là un commencement de désespoir. Il donnerait, ses cinq sous sans chanceler pour un verre d'eau de la source, où sa tante puise de si larges cruches, dont l'image fraîche et bouillonnante qui se met tout à coup devant lui, attise le feu mêlé à son haleine. Personne sur cette route consumante ! Le désert se montre devant lui ! Oh ! que les prêtres espagnols pourraient dire de lui, ce qu'ils disaient à Montézuma : Les dieux ont soif !...

Cependant, avec la persévérance digne d'un autre but, il fait le signe de la croix pour s'assurer où est sa main droite, et entre dans un chemin un peu moins aride.

Il avait entrevu au loin, une voiture qui venait du côté de Paris, et plutôt périr que de rencontrer rien de ce qui venait de Paris, car ce ne pouvait être, selon lui, qu'une école, des livres ou le fouet !

Il pénètre donc dans un chemin de traverse, où quelques haies lui donnent d'abord l'espérance d'un ruisseau : bientôt cette fraîche idée se sèche et peut-être qu'il se fut ainsi calciné au milieu d'un chemin sous le soleil vengeur qui dardait à plomb sur lui, si son ange gardien qui devait être pourtant bien fâché, n'eût arrosé son joli visage d'un déluge de larmes qui vinrent du cœur ; car ce cœur crevait. On a beau faire et beau dire, on ne peut porter à la fois une mauvaise action, la solitude et la soif. Il y avait dans ce petit garçon, la désolation profonde qui se trouve au fond de tous les coups de tête où porte l'ingratitude. Il s'arrête, ébloui, se lavant avec ses larmes de la poussière incrustée dans ses joues ; ce bain naturel en dégonflant sa poitrine, détend un moment la peau rose et tendre de sa figure déjà moins hardie. Il s'avoue même pour la première fois que sa mère ne lui faisait pas le moindre mal quand elle disait qu'elle le fouettait ; que c'était vraiment l'ombre du fouet. Il se l'avoue, car enfin, sa tante était très-loin… sa position était déplorable, la porte de l'école ne trouble plus son jugement. Il est donc là sous l'œil de Dieu et devant sa conscience : la vérité étincelle nue au soleil ; il soupire : « ah ! »

Je crois que vous ne serez pas fâché de le laisser là un moment tout seul, d'autant plus qu'à force de marcher il arrive à la fin près d'un moulin qui tourne dans une écluse. Ce bruit limpide et les flots d'écume qui jaillissent, sous un petit pont jusqu'à sa personne penchée en avant, lui rendent la vie, la force et l'étrange imprudence que nous ne saurons que trop tôt, avec ses suites méritées.

II. L'ABREUVOIR.

Le commissionnaire de confiance envoyé à la recherche d'Oscar tenait toujours à la main son signalement, mais d'une manière plus commode. Il était monté de bon accord sur l'énorme charrette d'un roulier obligeant, et du haut de cette haute position de surveillance il criait loyalement aux rares piétons qui traversaient l'heure la plus chaude du jour.

— Avez-vous vu un enfant ? un petit gamin sans chapeau ? huit ans, fluet, rose, bien mis ; une montre d'étain en sautoir, une pièce de dix sous toute neuve et des billes dans sa poche ?

On lui répondait :

— Non ! sans faire de longs discours : car on cuisait de soleil.

C'était la voiture que le petit déserteur avait aperçue au loin, elle passa juste devant le chemin en fourche où Oscar se trouvait caché et perdu dans les haies de sureau, ou d'églantiers ; je ne sais lequel.

Ce ne fut donc qu'à la Fileuse, où l'enfant avait fait un si mauvais repas, que cet honnête chercheur d'écoliers obtint quelques renseignements, au moyen du portrait écrit qu'il relut trois fois à cette espèce de femme sauvage qui avait déjà perdu la mémoire. La pièce de dix sons l'éveilla seule ; car elle la touchait souvent au fond de sa poche, neuve et brillante comme elle était, cette petite monnaie blanche ! le génie de l'idiot est au milieu d'une pièce d'or ou d'argent.

Elle donna donc ses instructions ; en refoulant dans sa poche le prix de sa pâtisserie et le pauvre coureur, disant à regret adieu au roulier et à la charrette, se remit sur les traces d'Oscar.

Nous l'avons laissé dans une position si calme que ce serait doux de l'y retrouver, n'est-ce pas ? Moi j'y ressentais un plaisir infini, car le bruit de l'eau durant la grande chaleur me semble un des plus grands bienfaits de Dieu.

Il paraît qu'une chose plaisait mieux encore à Oscar, et qu'après l'école buissonnière, un cheval était ce qui pouvait le plus exalter sa tête déjà très-montée par l'ardeur du grand soleil.

Il paraît encore qu'après s'être saturé de fraîcheur, ne fût-ce que dans le creux de sa main (on tire parti de tout dans le désespoir), Oscar fut tout à coup frappé de la présence d'un cheval qu'il n'avait pas vu d'abord. Ce cheval, les naseaux ouverts, humait comme Oscar l'humidité délicieuse de l'écluse, et savourait, sans maître, sans harnais, sans rien, le charme d'une promenade en toute liberté, qui sentait d'une lieue l'école buissonnière. La ressemblance de leurs situations établit tout-à coup une sympathie si puissante entre eux, du côté du petit fuyard au moins, qu'il grimpa plein d'audace et de bonheur sur ce grand camarade qui se laissa faire avec une indulgence tranquille. Tout ce qui est vraiment fort protège la faiblesse.

Toutefois quand il sentit sur son dos cet extrait de cavalier, qui s'agitait en tous sens pour l'exciter à courir un peu, à jouer amicalement pourvu qu'il lui donnât force de coups de pieds, de coups de poing dans les flancs, sur la tête et partout, le géant d'écurie frissonna d'indignation ou d'amour pour la promenade, et prit ses bottes de sept lieues. Il se mit à courir à travers champs, faisant des gambades et des manières d'éclats de rire qui épouvantèrent singulièrement l'écuyer de huit ans. Pour comble d'alarme, en gagnant du pays, et chevauchant avec la vitesse du vent, une large rivière parut ouvrir ses bras devant l'immense soif du cheval, qui, se souciant très peu si Oscar avait peur de l'eau, courut tout droit s'y plonger jusqu'au poitrail, Oscar poussa des cris affreux, se retenant de toute sa peur aux crins du cheval altéré, criant alors, de ce cri né dans le cœur de tous les enfants, même des enfants ingrats comme Oscar :

— Ma mère ! ah ! ma mère ! Le cheval ne bougea pas plus que

celui d'Henri IV sur le Pont-Neuf.

Il prenait son bain, il était bien : tant pis pour Oscar ! que devait-il à Oscar ? ces cris lamentables :

— Ma mère ! ah ! ma mère ! ne laissèrent point d'abord parvenir jusqu'aux oreilles bourdonnantes du peut garçon pantelant ces cris plus rudes et plus affreux : Au voleur ! arrêtez le voleur ! arrêtez le cheval ! arrêtez le voleur !

Jugez comme la solitude des champs fut désagréablement troublée par ce tumulte déshonorant pour Oscar ! combien le ciel avec tous ses yeux ouverts dut regarder tristement cette scène ! Des paysans, qui ne badinent pas sur les droits de la propriété, accouraient de toutes leurs jambes, armés de fourches et les yeux en fureur, prêts à déchirer peut-être ce frêle larron. Il y avait sérieusement de quoi frémir ! Oscar les entendit tout à coup si près de lui que l'insensé fut comme poussé à se précipiter dans l'eau, pour éviter le châtiment qui se préparait terrible.

Mais l'ange gardien, oh ! comme j'y crois à l'ange gardien ! il me semble le voir détourner lui-même le cheval de cette rivière qui allait être un tombeau d'enfant !

Il eut pitié de sa mère absente ; le cheval légèrement frappé par une main invisible, rafraîchi d'une station salutaire à l'abreuvoir, se remit gaiement à trotter vers un petit village, emportant Oscar presque évanoui, mais sauvé de la rivière.

Au bord de ce village, l'enfant glissa du cheval moins fougueux. Ranimé par la terreur, environné de toutes parts d'ennemis prêts à fondre sur lui, il s'élança les bras ouverts dans l'église du hameau, qui le reçut haletant, plein de fatigue, de remords et d'espérance ! Car tout petit qu'il était, il sentit qu'il y a une protection puissante aux genoux de la Vierge, qui tient son enfant entre ses bras ; elle rappelait à Oscar sa mère, et semblait lui dire du haut de l'autel où il tremblait :

— Reste avec nous.

— Huit ans, fluet, rose, une montre d'étain en sautoir, etc., criait alors, à la porte du village, l'homme qui gagnait si laborieusement sa journée.

Il fut entouré, écouté par tous les paysans qui sortaient des chaumières, tandis que le maître du cheval se calmait un peu en remontant, comme on dit, sur sa bête. Cela fit un spectacle pour le hameau. L'asile où Oscar avait porté sa honte fut franchi : on le trouva blotti dans le chœur, la tête cachée entre les pieds de la Vierge, où il eût voulu rester toujours ! personne, en le voyant se retourner si pâle, si rendu d'épuisement, le visage baigné de larmes, les plus amères de la vie d'Oscar, personne, pas même son poursuivant bleu de chaleur, pas même le propriétaire monté sur son cheval à la porte de l'église, n'eut le courage d'insulter à un coupable si malheureux ! On respecta d'ailleurs l'abri inviolable qu'il avait choisi par une inspiration divine ; on découvrit sa tête devant l'autel, on prit de l'eau bénite et l'on fit sortir en silence Oscar, qui se laissa conduire en tonte humilité devant la foule rassemblée pour le voir passer. Les vieillards dirent : « À tout péché miséricorde. »

Les femmes, en voyant ce pâle déserteur, la tête courbée sous l'humiliation, les femmes pressèrent leurs enfants contre elles, et sentirent leurs yeux humides. Les enfants, toujours bons quand ils regardent ces yeux de femme brillants de pitié, dirent à plusieurs : « Mères, il faut lui bailler du lait. »

Il en but à pleine mesure et jusqu'au cœur, tandis que son guide reprenait sa force par quelques verres de vin, pour lesquels, il faut le dire, Oscar offrit ses cinq sous avec tant d'instance, que tout le monde dit : « Il a bon cœur » et que l'homme, désarmé par cette action, prit sa main, sans rudesse, sans rancœur, saluant à droite, à gauche les habitants, qui leur donnèrent un pas de conduite dans les champs, en criant : « Dieu vous garde ! » et d'autres compliments qui se gravèrent pour toujours dans le cœur gonflé d'Oscar.

III. LES BILLES PERDUES.

Une solitude affreuse régnait dans la maison paternelle quand il y rentra. Il semblait que tout fût mort. La nuit tombait, les meubles étaient sombres et reprochants. Le père d'Oscar courait à la recherche de son fils depuis le matin. Sa mère, la douleur dans l'âme, était également sortie pour découvrir son cruel enfant !...

La rue était large, dépeuplée, ironique. Elle semblait dire avec une mine glaciale :

— Rentrez, monsieur, j'ai bien l'honneur de vous saluer !

L'épicier, les bras croisés, sur sa porte, inspectant, à la fin du jour, tous les scandales à la portée de son investigation, railleur comme la rue que reconnaissait à peine le paria volontaire, l'épicier ôta sa casquette avec la dérision écrasante de cette apostrophe :

— Ah ! mon estimable voisin, enchanté de vous revoir. Si vous avez besoin d'excellentes figues, de raisins de caisse pour vous remettre de vos voyages, dites à votre père que j'en vends. Il doit être bien content de vous, il vous en achètera.

Les jambes d'Oscar rentraient sous lui.

La vieille Léonore, qui tricotait à la lampe dans l'arrière-boutique, fut prise d'un grand saisissement à la vue du petit garçon.

— Croyez-moi, dit-elle en préparant un bon souper à son guide harassé de fatigue, croyez-moi, Oscar, montez dans votre chambre et couchez-vous. Ce soir, votre père sera encore bien fâché, votre mère n'osera vous pardonner devant lui. Venez avec moi ; ce souper que je vous porte, vous le mangerez en vous couchant, et qui vivra verra ! Oscar monta sans proférer une parole.

Son pain fut très-amer ce soir-là, ainsi que tout ce que la vieille Éléonore avait monté pour manger.

Au milieu de sa mélancolie, à demi-déshabillé sur son lit, où l'on voyait à peine clair par une petite fenêtre, et par un reflet de la lune, abîmé dans mille pensées de crainte pour demain ! d'espoir dans la clémence de sa mère, de son père offensé, et de son Dieu fléchi, une fraîche idée se glissa dans la mémoire d'Oscar : Ses billes ! tout l'avenir s'arrangea devant ses yeux. L'argent était dévoré, le chapeau disparu dans le naufrage, mais ses billes ! si polies, si bien veinées, si transparentes qu'on pouvait regarder le soleil et la chandelle au travers.

— Oh ! mes billes comptons mes billes ! et il s'assit avec un soupir plein d'aise et de dilatation.

Tout le monde savait, avant ce jour affreux, que les heures innocentes d'Oscar n'avaient pas de plus doux loisirs que l'examen de ces jolis marbres ronds ; que c'était sa fortune, ses rentes ; qu'il les comptait cent fois par jour ; en mangeant, ce qui le faisait gronder ; à l'école, sous son livre, ce qui le faisait mettre en pénitence, enfin partout, et comme vous voyez jusqu'au fond de ses remords.

Jugez comme il fut triste quand il n'en retrouva plus que deux, après avoir parcouru avec effroi tous les coins de sa poche, d'une immense poche, qui pouvait passer pour un sac, et qu'Éléonore avait la bonté de recoudre souvent, car c'était un entrepôt qui suivait Oscar dans toutes les démarches de sa vie. Malheureusement dans cette dernière aussi ! il est à présumer que les secousses du cheval errant avaient fait sortir ces petites richesses roulantes… Oscar se renversa sur son oreiller, qu'il inonda de ses larmes et s'endormit désenchanté de ce monde, où les fautes s'expient par de si grandes souffrances. Il avait dit : Tout est fini pour moi ! et il était entré dans un profond sommeil.

Ce fut ainsi que le trouva sa mère, quand elle monta, non pour punir un crime qu'elle n'avait jamais prévu, qui ne faisait point partie de ceux enfermés dans son code pénal de mère et qu'elle remettait à Dieu ; mais quand elle ne put résister enfin à venir s'assurer si c'était bien lui ! bien son enfant perdu tout un jour… C'était lui ! mais qu'il était changé ! comme sa mère le reconnut avec tristesse, lorsqu'après avoir approché bien doucement, bien doucement une lumière auprès de son lit, elle le vit humecté de larmes, barbouillé de la poussière des voyages, et les cheveux mêlés comme s'il se fût battu avec cent chats !

Le cœur de cette mère ne put résister. Elle pleura comme il avait pleuré, avec plus de douceur toutefois, car elle retrouvait son cher enfant ! Aussi laissa-t-elle tomber, avant de sortir, le baiser du pardon sur le front souillé d'Oscar. Elle retourna près de son mari, qui se promenait en long et en large dans le magasin, songeant d'un air soucieux au châtiment que méritait son fils.

Elle parla tant, tant ! sa voix était si bonne, si suppliante, si craintive qu'elle entra dans la colère de l'homme grave et blessé. Il répondit :

— Couchez-vous ; car vous me rendez aussi faible que vous-même !

Elle bénit Dieu ! et se coucha délassée.

IV. ÉCOLE ET PARDON.

Le lendemain, Éléonore conduisit Oscar à l'école, avant que personne fût levé chez son père. Un déjeuner d'enfant prodigue, préparé par sa mère qui ne se montra pas encore, avait réparé ses forces et rendu un peu de teint à ses joues bien lavées. Excepté la perte des billes dont il était si fier autrefois, si ruiné aujourd'hui, tout semblait à peu près remis en place dans son existence, où il avait repris son banc, son livre, et tous ses bruyants camarades.

Quand l'école fut complète, le maître ayant saisi au vol un moment de profond silence, se leva et dit :

— Messieurs, il y a parmi vous un enfant qu'il est de mon devoir de vous signaler comme pouvant donner un funeste exemple à ma classe, un buissonnier ! qui n'a pas craint de plonger sa mère dans les angoisses de l'inquiétude, sa mère, sa bonne mère qui l'a nourri de son lait, qui l'habille, qui lui paie des maîtres ! cet enfant ingrat a déserté hier sa maison ! Son nom est inutile à prononcer ! une rougeur coupable fait éclater sa condamnation dans ses traits, qu'il s'efforce en vain de cacher sous son livre ! Puisse, messieurs, cette rougeur provenir d'une bonne honte qui enchaînera dans notre sein l'enfant qui a mérité tout un jour le titre anti-social de déserteur !!!

Oh ! quel murmure suivit cette dénonciation publique ! Oscar crut tourner dans un tourbillon de feu, quand il sentit trente-six yeux d'écoliers attachés sur lui seul, comme sur un centre de blâme et de curiosité, car il n'y avait pas à hésiter, c'était lui !

Les innocents de ce jour-là s'étaient regardés fièrement entre eux, ayant l'air de se dire :

— Voyez ! les déserteurs portent-ils la tête comme cela !

Et la tête d'Oscar tombait comme une feuille morte sur sa poitrine !

Aussi les murmures, d'abord décents et étouffés, devinrent tellement tumulte que le maître eut besoin d'une vigueur peu commune pour rétablir à la fin le silence, d'où s'échappait encore, comme les dernières fusées d'un feu d'artifice, ce mot qui ne tombait que sur le banc vide d'Oscar.

— Déserteur ! déserteur ! et la classe entière lui tourna le dos.

Ce procédé n'est pas d'une haute charité, c'est vrai : mais telles sont les mœurs de l'école, du monde entier. Oscar eut bien du mal à détacher de lui ce vilain nom qui s'y était collé par sa faute.

Son père, quand il rentra, vit qu'il en était si courbé qu'à peine il pouvait s'avancer vers lui. Suivant sa promesse de la veille, il lui tendit la main généreusement.

— Oscar ! je te pardonne, tu as souffert.

Et il vit, lui, que sa mère pleurait en faisant semblant de regarder par la fenêtre.

Pauvre Oscar ! il se trouva, sans savoir comment, dans ses bras, dont l'étreinte lui réchauffa le sang autour du cœur ! il s'y plongea comme dans son champ d'asile. Il y oublia tout ! et les grandes routes, et les écoles impitoyables.

Elle fit des épargnes pour lui rendre vingt billes.

Il fit le serment de ne la déserter jamais.

ADIEU D'UNE PETITE FILLE À L'ÉCOLE.

Mon cœur battait à peine et vous l'avez formé,
Vos mains ont dénoué le fil de ma pensée,
Madame ! et votre image est à jamais tracée
Sur les jours de l'enfant que vous avez aimé !
Si le bonheur m'attend, ce sera votre ouvrage ;
Vos soins l'auront semé sur mon doux avenir :
Et si pour m'éprouver, mon sort couve un orage,
Votre jeune roseau cherchera du courage.
Madame ! en s'appuyant sur votre souvenir !

FIN